Pablo Katchadjian

Uma oportunidade

Tradução

Bruno Cobalchini Mattos

© Pablo Katchadjian, 2022
© 2024 DBA Editora

1ª edição

PREPARAÇÃO
Eloah Pina

REVISÃO
Diogo Cardoso
Paula Queiroz

ASSISTENTE EDITORIAL
Gabriela Mekhitarian

DIAGRAMAÇÃO
Letícia Pestana

CAPA
Beatriz Dórea/Anna's

Impresso no Brasil/*Printed in Brazil*

Todos os direitos reservados à DBA Editora.
Alameda Franca, 1185, cj 31
01422-001 — São Paulo — SP
www.dbaeditora.com.br

Dados Internacionais de Catalogação na Publicação (CIP)
(Câmara Brasileira do Livro, SP, Brasil)

Katchadjian, Pablo

Uma oportunidade / Pablo Katchadjian ; tradução Bruno Cobalchini Mattos.

1. ed. --São Paulo : Dba Editora, 2024.

Título original: Una oportunidad.

ISBN 978-65-5826-077-6

1. Ficção argentina I. Título.

CDD-Ar863   23-184683

Índices para catálogo sistemático:
1. Ficção : Literatura argentina Ar863

Tábata Alves da Silva - Bibliotecária - CRB-8/9253

Não consigo ver quais flores estão aos meus pés.
John Keats

CAPÍTULO 1

Sempre soube que estava enfeitiçado. Quando queria fazer certas coisas, o feitiço me impedia: era assim que funcionava. No dia em que decidi me libertar estava anoitecendo, e eu, em um momento intenso do feitiço, tinha saído para passear sozinho e me sentara, após algumas horas, num bar que vendia vinho em taça. Estava bebendo a segunda taça quando meu feitiço afrouxou um pouco suas garras. Então, fiz o que vinha fazendo diariamente havia ao menos um mês: abri a carteira e tirei o papel onde estavam anotados os telefones de três bruxas. "Uma é como as de antigamente, outra é moderna e a outra tem seus próprios métodos", havia me dito Luz, uma amiga querida, mas não íntima, ao me passar os números.

Eu disse "sempre soube que estava enfeitiçado", mas não é de todo verdade: levei um tempo até converter essa consciência em certeza. Poderia dizer: "para me tornar consciente", mas seria mentira, porque antes não era inconsciente; seria preciso dizer assim: eu sabia que estava enfeitiçado, e por isso soube de repente. Conhece-se bem a sensação de ficar sabendo repentinamente de algo que sempre soubemos. É a sensação de Édipo quando compreende quem é. Ou a de qualquer pessoa que é traída por alguém quando já sabia – sem saber – que seria traída. Não sabia, mas sabia. "Eu sabia!", dizemos. Ou: "Já sabia!". Quando eu soube que sempre soubera estar enfeitiçado, senti uma espécie de alívio tenso combinado com máxima preocupação, e então comecei a pensar que uma bruxa poderia resolver meu problema. Isso transcorreu em poucos dias: da certeza à obtenção dos telefones. Quando pedi os números a Luz, na verdade eu queria que atuasse como bruxa, porque suspeitava que ela fosse bruxa. Suspeitava porque é astróloga, e há certa afinidade entre os dois ofícios, mas não só por isso: era uma intuição. Tentei dar a entender isso sem dizer; ela se esquivou das insinuações com clássica graciosidade, até que por fim me disse: "Não sou bruxa...". "Mas poderia ser...", eu disse, e até me atrevi a mais: "Sempre suspeitei que você também fosse bruxa". Ela corou, um pouco vaidosa, e me disse: "Bem, poderia ser, mas escolhi outro caminho... Claro que de certa maneira eu sou, e se você quisesse poderia tentar... Mas não, não posso, já te conheço demais".

Foi uma alegria confirmar minha intuição, porque eu sabia, mas fiquei decepcionado com a recusa de Luz a ser minha bruxa, pois isso teria resolvido meus problemas sem a necessidade de outros trâmites. E, além de uma decepção, era um problema que se voltava contra si mesmo: agora eu precisava fazer uma coisa – telefonar para uma bruxa –, sendo que o feitiço me impedia de fazer coisas. Não todas, mas ações contundentes e resolutivas, como telefonar para uma bruxa. De modo que eu estava sentado bebendo uma taça de vinho, olhando para os telefones das três bruxas, e, após um mês sem encontrar forças para isso, eu parecia disposto a digitar algum número. Qual? Durante o mês de indecisão, eu não tinha pensado em qual deveria escolher: só tinha pensado que precisava reunir forças para fazer isso. Escolher é uma condenação: o ideal é que as coisas se escolham sozinhas, que se apresentem como única opção. Escolher só é agradável quando não precisamos pensar, mas em casos assim não é uma escolha, é simplesmente fazer alguma coisa. Somos incapazes de escolher e mesmo assim precisamos escolher. E depois de escolher precisamos convencer a nós mesmos de que a escolha foi boa. O resultado é determinado pela personalidade. Ou ao contrário: a personalidade é formada nesses movimentos.

* * *

Escolhi! Escolhi! Eu odeio escolher. Mas gosto de ter escolhido, porque gosto quando as coisas se escolhem sozinhas, sobretudo se cheguei ao ponto do dilema insolúvel. A solução do dilema: ah, que prazer! Claro que, em alguns casos, também poderíamos nos torturar por termos demorado a escolher e, com isso, perdido a opção perdida, que era a melhor... Isso é tão chato! Não me refiro a escolher, que também é chato, mas a isto: isto de ficar dizendo "ah, escolher, como é difícil". Uma vez uma retratista quis tirar uma foto minha. Foi a primeira vez que algo assim acontecia comigo. Conhecia a fotógrafa havia muito tempo, e não sei se isso contribuiu ou não para que tudo desse errado. Porque ela tirava fotos minhas e todas ficavam ruins, porque não sei posar, não apenas para fotografias, mas de modo geral, e porque quando vão tirar uma foto minha e eu percebo antes, o meu rosto se contrai ou se deforma. O rosto e também o corpo. Em certo momento, a fotógrafa me disse: "Com X foi tão fácil... Me olhou de frente, tirei a foto e ficou perfeita". No fim saiu uma foto em que pareço assustado. E é uma foto boa. Não porque eu goste de como saí, pois não gosto, mas porque... Por exemplo, a foto do cara que ficou de frente para a câmera: naquele momento eu o admirei, e quando vi a foto pensei que aquilo sim era sair bem em uma foto, mas agora acho que não, acho que tudo bem ficar assustado diante de alguém que quer tirar uma foto sua. Uma parte imensa dos esforços individuais contemporâneos é dedicada a sair bem nas fotos. Como sempre há alguém tirando fotos, esse esforço exige que estejamos sempre posando, por via das dúvidas. Nada mais preocupante que se ver monstruoso e sem pose em uma foto inesperada: é a prova de que somos naturalmente monstruosos.

O que a foto tem a ver com o ato de escolher? Tem a ver, sim: há uma ligação evidente entre não poder escolher e não poder tirar uma foto de si mesmo, e me parece evidente para qualquer pessoa mesmo sem explicar. Como é evidente, não vou explicar. Melhor dizendo: como é evidente, não há como explicar. Vou continuar o que estava contando. Mas antes posso afirmar uma coisa: escolher é uma situação tão falsa quanto posar para uma foto. O ideal seria não posar e não escolher. Mas eu precisava escolher para qual bruxa telefonar. Porque – e agora não havia nada de escolha – eu *queria* telefonar para uma bruxa porque *queria* que me desenfeitiçassem. Não tinha dúvida desse desejo. Percebia que com o feitiço também desapareceriam outras coisas, das quais eu gostava, mas já não me importava, porque o feitiço, com o qual eu convivera de maneira decente durante muitos anos, havia se tornado intolerável a partir do momento em que eu o reconhecera como feitiço.

* * *

Então estava tomando uma taça de vinho enquanto pensava nas opções, já decidido a não deixar passar mais tempo. Eram onze da noite, e o local estava animado dentro das possibilidades: um lugar médio, com seis mesas dentro e quatro na rua, um pouco escondido, no sentido de que estava fora do circuito, por assim dizer. Era atendido por suas donas, duas garçonetes, e seu dono, um garçom, que durante o dia trabalhavam em restaurantes refinados e levavam embora garrafas de vinho incríveis pela metade ou quase vazias para oferecer taças a preço baixo. Às vezes misturavam com sensibilidade restos de vinhos diferentes. Nesse momento eu tomava um cabernet-syrah, uma mescla de um resto de cabernet com um resto de syrah. A garçonete que me serviu, Camila, tinha dito: "Prove este que fiz pra você". Estava excelente. Camila era, além de garçonete, sommelière e, além disso, alguém com quem eu me entendia sem esforço, porque ela ia com a minha cara e eu com a dela desde a primeira vez. A outra garçonete, Sonaida, era quieta e sorridente, e o garçom, Rubén, era bem mais antipático. Mas os três compartilhavam da mesma ética: oferecer taças de vinhos muito bons a preços muito baixos.

Eu pensava nas possibilidades. Uma bruxa "como as de antigamente" me parecia uma opção atraente. Imaginava-a, por preconceito, velha e feia, ou velha e linda, mas de qualquer modo velha, absorta, atuando sobre as pessoas como se não estivessem ali. Isso seria libertador, pensei: não prestarem atenção em mim. Nem "como vai", nem "por que veio". Nada: só o trabalho que deve ser feito, como um encanador que vai direto ao banheiro ou à cozinha e, sem prestar atenção nas explicações, começa a quebrar os azulejos. Se tivesse só esse telefone, teria sido mais fácil. Já era muito tarde, mas isso não me preocupava: sentia que era aceitável telefonar para uma bruxa à noite, até mesmo para uma bruxa muito idosa. Mas não telefonei e continuei pensando. A segunda possibilidade era a bruxa moderna. Uma vez conheci uma bruxa moderna, pianista de jazz. Imaginava que seria como ela: cabelo preto, atraente, seca mas simpática. Perguntei-me o que a bruxa moderna faria e percebi que não tinha nem ideia, mas imaginei algo vagamente erótico: talvez pedisse para eu me despir, ou ela se despisse, ou as duas coisas, e depois derramaria poções... E havia a terceira opção: a bruxa de métodos próprios. Sempre me considerei uma pessoa de métodos próprios. Mas nem sequer no meu caso eu sabia que métodos eram esses, quanto mais os da bruxa, e talvez por isso essa opção também me parecia interessante. Não sei quais são meus métodos próprios, mas sei quais não são, e então imaginava que a bruxa de métodos próprios teria desenvolvido, como eu, através de recusas e dissabores, uma forma de trabalhar.

* * *

Há pessoas que acham que o problema de escolher seria solucionado se tivéssemos à mão todas as informações necessárias. Quero dizer que, na minha opinião, elas estão equivocadas. Escolher é um problema, e por isso não pode ser solucionado, porque os problemas não se solucionam, mas se dissolvem quando querem. Por exemplo, quando se transformam em feitiços, podem começar a se dissolver. Não era possível escolher uma bruxa. Nosso caminhar é sempre mais esquisito do que pensamos. Naquele momento, meu caminhar era esquisito. Digo isso num sentido geral. Estava caminhando esquisito já fazia um bom tempo. De todo modo, mesmo caminhando esquisito, ainda podemos fazer muitas coisas. Inclusive as que não poderíamos fazer caminhando de forma não esquisita. Mas em certo momento começamos a sentir dor no pé, ou na perna, ou na cintura, e precisamos mudar a forma de caminhar. Perdão pela metáfora, é de mau gosto. Mas me serve, e, se quero ser entendido, preciso usar tudo o que me serve. O bom gosto, de qualquer modo... Quero dizer: é um lugar comum criticar o bom gosto, mas mesmo assim poucos se animam a dar uma oportunidade para as coisas de mau gosto sem desferir, enquanto dá a oportunidade, uma piscadela, como quem diz: "Você sabe que pra mim isso é tão medíocre quanto pra você". Ou como quem diz: "Ah, isso é tipo as coisas de que gostam os pobres, os idiotas, os que têm mau gosto... que maravilha". Não digo que não gostem de verdade, mas a piscadela... É como alguém que brinca com uma criança de quatro anos enquanto pisca o olho para os adultos que observam. Dá para brincar sem piscar o olho. Piscar o olho é o medo de se entregar. Ou de se comprometer. Eu gosto das metáforas sobre a vida e por isso dou a elas uma oportunidade, ou me dou uma oportunidade de usá-las. Estão na literatura antiga e na literatura religiosa, as minhas preferidas, e além disso ainda servem se as resgatamos do lugar tedioso e pouco revelador ao qual foram relegadas pela autoajuda. Como quando se diz, por exemplo, "sair da zona de conforto", que é ruim porque a questão é justamente o contrário: quero ir em direção ao conforto, não sair dele, e é evidente que todos querem ir até o conforto, porque o mundo é incômodo e o conforto é uma promessa revolucionária. Todos estamos incomodados e caminhamos esquisito desde que perdemos a graça ao sermos expulsos do Paraíso. Eu queria parar de caminhar esquisito porque minha perna doía. Queria ir a uma zona de conforto, que é o Paraíso, e mesmo sem chegar lá me parecia que aquela era a direção a ser seguida, porque, para fechar a metáfora da pior e da melhor maneira possível, talvez não encontrasse o Paraíso, mas uma bela poltrona para descansar a perna dolorida. Acho que podemos dar uma oportunidade à autoajuda, também. O povo escolheu a autoajuda, por que negá-la? Já foi escolhida, e é preciso trabalhar com o que já foi escolhido, não escolher algo para substituir ou mudar a escolha, porque não é possível escolher. A confusão sem órbita em que vivemos valida com folga a escolha do povo, que é uma escolha espontânea. É provável que a autoajuda seja o melhor gênero possível, o único realmente válido, e ao mesmo tempo um gênero impossível, porque nasceu arruinado pelo comércio e com um nome ridículo. Assim, penso que seria necessário retomar a escolha, mas não o gênero, escrever verdadeiros textos de autoajuda que não sejam do gênero autoajuda. Isso que estou contando, minha busca pela poltrona, poderia ser lido como um texto de autoajuda sem o gênero.

 Então eu suspeitava que uma bruxa seria capaz de me levar a essa poltrona. Mas não conseguia escolher, de modo que acabei ligando para Luz. Quero esclarecer que Luz é seu nome, não uma alegoria do tipo "buscar a luz para dissipar a confusão". Quero esclarecer agora que, na verdade, Luz não é seu nome, mas o nome que usei no lugar do verdadeiro não é uma alegoria: a alegoria ocorreu acidentalmente. E agora vejo que poderia ter consequências. Veremos aonde nos leva esse acidente.

Liguei para Luz. Não era tão tarde, eram onze e meia, mas assim que ouvi sua voz percebi que a tinha acordado. Embora tenha me sentido culpado, encorajado pelo vinho e apressado pela situação, não hesitei em expor meu problema: "Não consigo escolher". "Não podemos conversar amanhã?", me perguntou bocejando com simpatia. "Não, não, tem que ser hoje, preciso aproveitar esse impulso, porque se deixar passar talvez precise esperar meses." "Bem, escolha a primeira", me disse. "A tradicional?" "A tradicional... Essa, sim." "Você disse *a primeira* sem saber qual era!" "Sim, claro, dá no mesmo." Depois de um silêncio, me disse: "Vou voltar a dormir, amanhã me conte como foi".

* * *

A primeira bruxa não me atendeu. Decepcionado, apoiei com força o telefone sobre a mesa. Camila veio e me perguntou se estava tudo bem. "Sim", eu disse. "Quer mais uma taça?" "Geralmente tomo duas..." "Como preferir, mas acabo de fazer uma poção mágica misturando um malbec superior e um vinho branco barato." "Poção mágica...", repeti. "Haha, sou uma bruxa do vinho", me respondeu. "Está bem, quero provar essa poção mágica." Me trouxe a taça e disse: "É uma taça única, porque só restava meia taça do malbec superior". Provei: era estranhíssimo no melhor sentido. "Queria dar uma oportunidade a este branco para que pudesse brilhar, porque adoro ele, mas o fundo é meio furreca, e agora, assim, acho que oferece o melhor que pode oferecer." O vinho branco ruim estava me oferecendo o melhor que podia oferecer, e isso logo me fez bem, porque o melhor que qualquer coisa pode oferecer é o melhor, e o melhor faz bem, ao menos em um primeiro momento. "O que achou?", perguntou Camila. "Adorei... Quero te fazer uma pergunta." Ela se afastou alguns centímetros por reflexo, eu prossegui: "Preciso telefonar para uma bruxa e...". Me interrompeu: "Pra que você quer telefonar para uma bruxa?". "Porque estou enfeitiçado." "Ah... Como sabe disso?" "Percebi." "Claro... E?" "E estava pensando que uma bruxa poderia desfazer o feitiço." "Mas ao mesmo tempo poderia te enfeitiçar outra vez." "Como?" "Ora, tirar o feitiço e colocar outro no espaço que for liberado." "Bem, pode ser... Mas acho que prefiro um feitiço novo ao atual." "O que esse feitiço faz?" "Não me deixa fazer coisas." "Que coisas?" "Não sei, depende, coisas que quero fazer." "Hmm..." "O quê?" "Talvez ao invés de tirar o feitiço você precise deixar de querer fazer as coisas que quer fazer... Como sabe que quer fazê-las?" "Você está dizendo que talvez o feitiço não seja não poder fazer coisas, mas querer fazer coisas que não consigo fazer?" "Não era isso que eu estava dizendo, mas sim, pode ser." "O que você estava dizendo?" "Mais ou menos a mesma coisa, mas sem atribuir o desejo de fazer coisas a um feitiço." "Ah..."

Alguém chamou Camila em outra mesa, e ela me fez um gesto como quem diz "já continuamos". Mas em vez de voltar para mim ela sentou para conversar com o casal da outra mesa, e eu havia ficado mais confuso que antes. Não queria deixar de querer fazer as coisas que não conseguia fazer. Percebia a existência da possibilidade de que sem o feitiço eu me sentisse... O quê? Entediado. Não. Apagado. Não completamente. Fraco. Fraco em relação às coisas, como se não desejasse ser convocado pelas coisas. Eu – percebi de repente – sentia as coisas me convocarem, e isso me fazia agir. Como seria viver ao contrário, convocando as coisas a nos darem algo? Embora na verdade não tivesse diferença, porque... "Desculpa, desculpa", disse Camila, e sentou comigo, e acrescentou, em voz baixa e em tom de confidência, apontando para trás com o polegar: "São superchatos". "Por quê?" "Não sei, são chatos, parecem esperar de mim algo que não sei o que é, e que não é nada, é sua atitude geral perante tudo... Até bebem os vinhos dessa forma: provam, fazem caretas, julgam..." "Ah." "Você... por outro lado... nunca julga, vê o que querem te dar: gosto disso." "Ah." "Sim, gosto e acho que por isso gosto de você." "Como é?" "Gosto de você", disse, levantando-se e indo para o outro lado do balcão. Fiquei ainda mais confuso que antes e me dei conta de que gostava de Camila.

Para evitar pensar no que havia acontecido, lembrei que precisava telefonar para uma das bruxas. Descartei a primeira porque não achei legal ela não atender. Abruptamente me decidi pela terceira e telefonei. "Alô?" Era uma voz jovem. "Alô", respondi. "Sim?" "Sim, oi, me passaram esse telefone porque..." "Quem é?" Inventei um nome: "Me chamo Ram". "Ram?" "Isso, Ram." "Ram, quem te passou meu telefone?" Falei de minha amiga Luz, contei que estava enfeitiçado. Camila me olhava do balcão com um olhar que não dizia nada. "Quer vir agora?", me perguntou a bruxa de métodos próprios. "Agora?", respondi surpreso, e em seguida me surpreendi por me surpreender, já que era isso que eu queria. "Sim, agora", disse a bruxa. Camila arqueou as sobrancelhas, como se dissesse "o que foi?" "Qual é o seu nome?", perguntei. "Não te disseram?" "Não, só me passaram seu telefone." "Me chamo Sandra." "Sandra?" "Sim, e você se chama Ram." "Sim, Ram." "Vem ou não vem? Amanhã viajo e passo um mês fora, então é hoje ou..." "Vou!"

Me passou o endereço: ficava a dez quadras de onde eu estava, dava para ir a pé. Camila sentou comigo. "E?", me disse. "O quê?" "Te contei uma coisa... Que acha de irmos dar uma volta?" "Combinei agora de ir numa bruxa a dez quadras daqui." "Vou contigo!" "Ah, é que não sei se..." "Claro que sim, ela vai gostar de que você não seja um homem sozinho." "Mas..." "Se assustou com o que eu disse?" "Não, não." Queria dizer "pelo contrário", mas o feitiço me impediu, e então Camila me disse: "Esqueça, não tem problema". Permaneci calado. Camila anunciou a seus colegas que precisava me acompanhar em uma função. "Vá, estamos tranquilos", disse Rubén. "Posso ir?", perguntou Sonaida. "Não", eu disse com uma firmeza inadequada.

* * *

"Por que não deixou Sonaida vir?", perguntou Camila enquanto caminhávamos. "Não sei, também não dava para ir em bando." "Ela queria vir." "Bem, mas eu não queria." "Não vai com a cara dela?" "Não, é que... Já basta vir você." "O quê?" "Não digo por mal, mas é que essa é uma questão íntima pra mim." "Você me falou disso sem eu perguntar." "Sim, é verdade." "Não pode ignorar que as coisas que você faz têm consequências." "Bem, mas não ignorei: deixei você vir. Para Sonaida eu não contei nada." "Me deixou vir só porque já tinha me contado?" Estava ofendida. "Não, também gostei da ideia de você vir." "Por que gostou da ideia?" Era difícil a situação. Não consegui dizer nada. Ela disse: "Você é difícil." "O quê? Por quê?" "Não sei, é como se não conseguisse dizer nada." "Bem, é isso que pretendo resolver com a bruxa." "Ou seja, depois da bruxa talvez diga alguma coisa?" Não disse nada e comecei a caminhar depressa enquanto pensava que gostava dela mais do que ela de mim, e por isso não conseguia dizer nada, mas ao mesmo tempo me dei conta de que o pensamento não fazia sentido. Não o pensamento, mas a comparação. O pensamento deveria ter sido "não entendo o que está acontecendo". Ela também pensou algo enquanto caminhávamos, mas não sei o que foi. Chegamos ao lugar sem falar nada, e toquei a campainha. Devido à situação, estava vivendo meu feitiço ao máximo, e achei uma boa me despedir no auge: me despediria e daria um beijo em Camila. A bruxa Sandra abriu a porta. Era uma mulher de uns quarenta anos, agradável, atraente até, mas parecia irritada. Olhou para Camila e me disse: "A ideia é vir sozinho a esse tipo de coisa". E eu estava prestes a responder quando ela ficou me olhando com horror, cobriu a boca e exclamou algo, uma espécie de "ai". Camila me olhou e olhou para Sandra e voltou a olhar para mim. Olhei para trás de mim, olhei para Camila. Sandra destapou a boca, se recompôs e pediu que a seguíssemos.

Caminhamos por um corredor de tinta descascada até uma porta e entramos. Era uma casa perfeitamente normal. Havia, em um pátio visível detrás de uma porta vidrada, um triciclo. Também havia, em um sofá, um homem jogado assistindo a uma partida de futebol. Cumprimentamos, mas ele não respondeu. "Por aqui", disse Sandra, e a seguimos: subimos por uma escada de metal vazado, cruzamos um terraço e adentramos um quarto situado atrás de uma imensa árvore que saía de um vaso bem pequeno. "É um limoeiro", disse Camila, e tanto Sandra como eu a fitamos como se houvesse dito algo descabido. "Desculpa", disse Camila, e riu. Eu ri também, e Sandra me olhou feio; depois disse: "Não é um limoeiro". Entramos no quarto. As paredes estavam pintadas de preto com estrelas e planetas. Muitos saturnos, vários sóis. Era ridículo. Havia uma mesinha com uma bola de cristal. Sandra apertou um botão e a bola de cristal acendeu, porque era uma lâmpada giratória que projetava estrelas sobre as estrelas das paredes.

"Bom, Ram", disse Sandra, "você deve estar se perguntando por que eu disse 'ai' quando te vi." Não estava me perguntando, mas sem dúvida era o que devia me perguntar, e de fato queria perguntar, e por isso disse "sim" e confessei que meu nome não era Ram, mas... "Bem, não importa o seu nome. Disse 'ai'", contou Sandra, "porque atrás de você há uma egrégora imensa." "Uma egrégora...", repeti, e lembrei que uma vez, muitos e muitos anos atrás, um bruxo que conheci por acaso em um restaurante, ou não por acaso, porque era o dono do restaurante e eu era o único a ocupar uma mesa, já havia me dito o mesmo. Sandra prosseguiu: "É uma espécie de monstro denso que te interrompe e incomoda". "Também é uma espécie de fantasma enorme que se forma quando muitas pessoas pensam a mesma coisa", eu disse, lembrando do que havia pesquisado naquela vez ao chegar em casa. "Sim", disse Sandra, "mas essa é outra coisa." "Nasceram do comércio dos filhos de Elohim com as filhas dos humanos", insisti. "Sim", disse Sandra, "e Semiaras foi seu príncipe: eu também li isso. Mas essa aqui você formou sozinho." Camila riu. "Não ria", disse Sandra, "a egrégora está furiosa, poderia destruir seu namorado." "Não é meu namorado", disse Camila. "Vai ser", disse Sandra, "se a egrégora deixar." Me assustei, mas não pelo risco de destruição anunciado, tampouco por Sandra ter visto o mesmo que o outro bruxo – o que podia indicar tanto um fato concreto como um truque costumeiro –, mas pelo que disse sobre Camila, porque, embora também pudesse ser apenas um truque costumeiro, de repente era como se nós dois tivéssemos um compromisso antes de nos beijarmos. "É tão grave assim?", perguntou Camila. "Sim, sim, gravíssimo", disse Sandra olhando para mim, "porque esta egrégora, que te acompanhou por muito tempo e, de algum modo, te ajudou a conquistar muitas coisas, agora está cansada e quer te liquidar." "Me liquidar como?" "Não vai te matar, obviamente, mas faria sua vida se tornar algo rígido, estancado, até te apagar por completo." "Por que faria uma coisa dessas?" "Por quê? Faria isso sem nem sequer saber, porque para a egrégora você não existe." "E o que se pode fazer?" "Isso eu não sei, é o que vamos averiguar... Provavelmente não gosta de alguma coisa que você faz, ou melhor, das consequências dessa coisa... Tire a roupa." "Tirar a roupa?" "Sim, por favor." "Pra quê?" "Não posso te explicar tudo, sou bruxa e você veio me ver, então trate de confiar e fazer o que mando." Olhei para Camila, que, embora estivesse séria, parecia se divertir com a situação: piscou um olho para demonstrar apoio.

Tirei os sapatos, depois as meias, depois a calça, depois a camiseta, e olhei para Sandra. "Tudo", me disse. Tirei a cueca. Sandra pegou um frasco, abriu e esvaziou o conteúdo sobre minha cabeça. O líquido cheirava a café misturado com algo amargo. Meu couro cabeludo ardeu e senti mãos esfregando-o. "O que foi?", perguntou Sandra, mas olhando um pouco acima de minha cabeça: estava falando com a egrégora. Sandra fechou os olhos e começou a tremer; de tempos em tempos dizia "sim". Depois abriu os olhos. Minha pressão começou a baixar. Eu disse, de repente: "Não sei não, não sei não". "Não sabe o quê?", me perguntou Sandra. "Não sei nada", eu disse, mas não era eu quem falava, no sentido de que as palavras me surpreendiam. Sandra voltou a fechar os olhos. Depois abriu-os e me deu uma bofetada que fez eu me sentir muito leve; então começou a soprar meu rosto enquanto, ao mesmo tempo, repetia uma palavra que não entendia. "Pronto", disse em seguida, "vista-se." E saiu do quarto. Enquanto eu me vestia, Camila perguntou se eu estava bem. "Sim, sim", eu disse, incomodado por ela ter feito a pergunta olhando para o meu corpo.

Atravessamos o terraço, descemos a escada, atravessamos a casa: Sandra nos esperava fumando na rua. "E?", perguntei. "Nada, nada, fique tranquilo", me disse. Estava esgotada, em seu rosto haviam surgido olheiras que de tão escuras pareciam maquiagem. "E a egrégora?", perguntou Camila. "Está aí com ele." "E não vai me destruir?", perguntei desconfiado, porque acreditava e não acreditava nela ao mesmo tempo. "Não vai te destruir: só quer que você mude algo que não sei o que é, mas acho que a fiz entender que vai ficar tudo bem." "Bom, obrigado", respondi com um tom debochado que escapou e não tinha nada a ver com meu sentimento. "Você acha que isso tudo é uma brincadeira?", me perguntou irritada. "Não, não uma brincadeira, saiu sozinho esse tom que..." "Escute, quer saber?, não me pague." "Pago, sim, como não vou pagar?" "Não, não me pague: você vai voltar, e aí vou cobrar o dobro, ou o triplo." "Por que vou voltar?" "Porque, além da egrégora, e sem nenhuma relação com ela, havia outra coisa: você estava enfeitiçado." "Óbvio! E continuo enfeitiçado?"

"Não mais, desfiz o feitiço, mas tenho a impressão, pelo tipo de feitiço, de que você foi enfeitiçado por alguém próximo que vai te enfeitiçar outra vez." Isso me angustiou: "E não há nada a ser feito?". "Sim, eu te protegi, vai ser mais difícil te enfeitiçar: tem que ver se conseguirá romper minha proteção." "E por que me enfeitiçaram?" "Bem, isso é o pior: acho que queriam te fazer bem... É comum que gente próxima ou que se acha próxima queira te ajudar e... Às vezes até te enfeitiçam sem perceber, porque nem sequer sabem que têm o poder." "Você está me acusando?", perguntou Camila. "Não, querida, por favor, dá para ver que você é incapaz." "Isso não é um elogio", disse Camila um pouco incomodada. "Não, mas de certa maneira é: vão formar um lindo casal." Insisti em pagar, e ela recusou: "Vou cobrar com juros", disse sorrindo.

Depois fui embora a pé com Camila, e a situação era insustentável, porque nenhum dos dois sabia o que dizer. Como começar uma relação que já foi anunciada como bem-sucedida? Era como se já tivéssemos nos separado após vários anos de convivência. "Bem, eu viro aqui", disse Camila em uma esquina, e dobrou enquanto nós dois, sem pararmos de caminhar, dizíamos "tchau".

* * *

Naquela noite dormi muito bem: dez horas ininterruptas. Mas o estranho não foi isso, foi ter acordado com as energias realmente renovadas. Enquanto tomava um chá, telefonei para Luz e disse que queria encontrá-la para contar o que tinha acontecido com a bruxa Sandra. "Deu tudo certo?", perguntou. "Não sei, acho que sim: conto quando nos encontrarmos." Marcamos de nos ver à tarde em um café. Ao desligar, pensei se não teria sido ela, Luz, a bruxa que havia me enfeitiçado tentando me fazer bem, conforme Sandra havia mencionado. A ideia fazia sentido, mas minha intuição dizia que não. Eu perguntaria a ela e veria sua reação. Me sentia tão bem que parecia que o feitiço jamais existira e tudo não passava de uma fantasia minha. Mas o contraste entre minha falta de ansiedade e a ansiedade de todos os dias anteriores me fazia pensar que existira feitiço, sim. Para testar, pensei em Camila e não senti nenhum tipo de pressão: a situação se resolverá de um modo ou de outro, pensei comigo, maravilhado.

Quando saí do banho, o telefone estava tocando. Era Miguel, um amigo do ensino médio que se tornara escritor de literatura gauchesca. Ele odiava o que fazia, mas não conseguia parar. E tinha chegado a essa situação por uma sequência de golpes de sorte: escrevia muito bem; um professor o recomendou para se candidatar a uma escola de escrita em outro país; candidatou-se, foi aceito e passou dois anos lá; naquele país elogiaram o que fazia, mas lhe disseram que muita gente fazia coisas boas e, se ele quisesse fazer algo que fosse mais que bom ou muito bom, precisaria se conectar com o que realmente era; ele, como quase todo mundo, não sabia o que era, de modo que o ajudaram e disseram que precisava escrever sobre algo próprio dele; ele não sabia o que era próprio dele, então lhe disseram que o próprio devia ser o local, o mais local; ele disse que seu avô tinha sido *gaucho* ou coisa parecida; disseram-lhe que este era o caminho a seguir; ele tentou e obteve muito sucesso com seu primeiro livro, que foi muito celebrado e traduzido para vários idiomas. A sorte durou até aí. Depois Miguel quis parar de fazer isso e foi censurado e condenado. Alguém lhe disse: "O cavalo encilhado só passa uma vez, e se você deixá-lo passar, ninguém vai te montar nele". Então subiu de novo no cavalo e voltou a escrever literatura gauchesca e voltou a fazer sucesso. Mas depois não conseguiu mais descer do cavalo, mesmo querendo, porque o cavalo o havia levado muito longe e não conseguia voltar a pé. Devia voltar, se quisesse voltar, montado no cavalo. Mas tampouco havia para onde voltar, porque o lugar de onde tinha partido já não existia ou nunca tinha existido. Podia, é verdade, descer do cavalo e seguir a pé, mas como suportar o contraste do ritmo lento com a velocidade do cavalo? Muito embora, seria possível dizer, o cavalo não saísse do lugar. É verdade, não saía do lugar, mas fazia isso a toda velocidade, e é difícil aceitar a lentidão após experimentar as grandes velocidades, mesmo quando a lentidão pressupõe se movimentar muito mais rápido do que nos movíamos antes. De modo que Miguel seguia montado no cavalo e tentava, a cada tanto, impor-lhe um rumo um pouco diferente, mas era um cavalo de tanto brio! E tão estático! Por esses dois motivos era difícil movê-lo ao acaso ou conforme sua vontade. Nada mais difícil de mover que aquilo que se move feito louco enquanto está quieto.

Miguel disse que queria me dar seu livro novo. "Vamos nos ver, bora", eu disse: "Além disso, tenho coisas para te contar". Gostava de conversar com ele, porque era inteligente e sensível; não tanto de ler seus livros, mas Miguel tinha a delicadeza de nunca me perguntar nada nem se ofender com meu silêncio. Marcamos em um bar de vinhos – outro, um convencional – à noite. Não vou falar sobre esse encontro, porque não contribuiria em nada para o que estou contando. Se falei de Miguel foi porque voltará a aparecer mais adiante e também porque achei que seu caso poderia ser útil, no sentido em que pode ser útil um livro de autoajuda. Porque tenho um medo que é um jogo de palavras (sem o jogo, e ruim): não vou dizer nem nomear, só vou evitar o caminho que me dá medo. Mas o risco está aí, porque estou escrevendo para organizar o que aconteceu, para entender, já que não consigo entender muitas coisas a respeito de como se resolveu a questão do feitiço. Não sei, não entendo, não vejo. Lembro de tudo, mas bagunçado e sem história, poderíamos dizer. E sei que se resolveu, mas algo não está completamente encerrado. E não tenho dúvida de que ao escrever vou entender. Não tenho dúvida, porque, se não fosse assim, eu não conseguiria escrever. Porque uma mentira não resiste a mais de dez páginas sem ser desmascarada, e já tenho o triplo disso. E se não é mentira poderia ajudar, porque a verdade ajuda, e, se as coisas são assim, meu medo não faz sentido, e o caminho que quero evitar não existe mais.

Acabo de lembrar algo importantíssimo justo quando escrevi "desmascarada"; a bruxa Sandra me disse em um dado momento: "Tire a máscara!". Ou foi a bruxa seguinte? Digo que não sei o que aconteceu não porque seja misterioso ou esteja envolvido em penumbras, mas porque o devir foi complexo e, portanto, é difícil para mim entender como os fatos se conectam entre si. Não é que eu tenha visitado uma ou duas bruxas e a coisa tenha se resolvido: fui a muitas bruxas e a um bruxo e no meio houve acontecimentos muito significativos que se enredaram com... A bruxa me disse: "Tire a máscara!". Não era Sandra. Era Alberta, uma bruxa que não estava na lista tríplice original. Porque primeiro falei com Luz sobre Sandra, em um café, e lhe perguntei diretamente se havia me enfeitiçado. Riu às gargalhadas de tal modo que dissipou minhas dúvidas. "Poderia enfeitiçá-lo, se quisesse... Mas já disse que segui por outro caminho", me falou. "E para que iria te enfeitiçar?" "E eu sei lá! Há tantas coisas que podem ser feitas." Quando eu disse isso, ela piscou o olho esquerdo para mim. Depois me disse que o que Sandra, a bruxa de métodos próprios, havia feito era tedioso e convencional além de impreciso e, por isso, dificilmente solucionaria qualquer coisa, porque além disso ela percebia que eu continuava enfeitiçado com o mesmo feitiço de antes. Disse que muitas vezes acontecia de alguém dizer que tinha os próprios métodos e, na prática, fazer o mesmo que todo mundo faz; e muitas vezes essa mistura era para mascarar a imprecisão. "E o que deveria ter feito?", perguntei. "Não faço a menor ideia..." "Vou na segunda bruxa ou na primeira?" "Não, não, esqueça essa lista, vamos procurar outra bruxa." Então mandou uma mensagem para alguém e lhe recomendaram a "bruxa adolescente". "A bruxa adolescente?" "Sim, não sei o nome, chamam ela assim." "É adolescente?" "Não, começou muito nova e o apelido ficou." Mas neste meio tempo aconteceu outra coisa, muito incômoda, que tenho vergonha de contar.

* * *

O que tenho vergonha de contar é que comecei a evitar Camila. Isso me fez entender que continuava enfeitiçado. Porque embora eu desejasse vê-la e passar horas e dias com ela, algo me impedia de fazer isso. Não me envergonha tê-la evitado, isso era parte do feitiço. O que me envergonha são meus atos concretos. Porque, embora Luz tivesse me dito que o que a bruxa Sandra havia vaticinado sobre minha relação com Camila era um truque comum usado por bruxos e bruxas – sem culpá-la, de todo modo, porque havia acrescentado: "A necessidade de usar esses truques é o que me afasta da bruxaria" –, eu tinha minhas dúvidas, pois existia a possibilidade, e a própria Luz havia me confirmado isso ao responder às minhas perguntas, de que talvez não fosse um truque: "Sim, é verdade que muitas vezes os bruxos e bruxas, acostumados a usar truques, deixam de saber, quando usam um truque, se é um truque ou algo que realmente veem ou fazem". E essa dúvida, ou, melhor dizendo, a possibilidade de que não fosse um truque, me paralisava. Assim, o truque havia passado a funcionar como feitiço. Um feitiço que funcionava da mesma forma que o feitiço do qual Sandra supostamente havia me libertado. De modo que não havia me libertado de nada, mas, no melhor dos casos, redirecionado o feitiço para minha relação com Camila. Isso era bom, no sentido de que já era alguma coisa, mas no fim era quase tão problemático quanto a situação anterior.

Primeiro Camila me mandou uma mensagem que dizia: "Tudo bem?". Não consegui respondê-la, e não só por não saber como estava, porque sempre existe a opção de dizer "bem" ou "tudo em ordem". Depois me mandou outra mensagem sugerindo nos encontrarmos. Essa eu respondi de maneira constrangedora: "Estou muito ocupado, já, já te respondo". Na semana seguinte me mandou uma mensagem na qual dizia que estava com uns vinhos incríveis, pedindo que eu passasse lá para provar. Entendi que, passado o estupor inicial, o vaticínio de Sandra tivera para Camila um efeito oposto ao que tivera em mim: servira de impulso. Eu disse que iria ao bar naquela noite.

E naquela noite fui ao bar. Antes de ir, eu tremia e sentia palpitações, porque já tinha me comprometido a ir, mas ao mesmo tempo não conseguia ir, no sentido de que algo me impedia. E, como já tinha me comprometido e tomado a decisão de ir, iria contrariando o meu impulso. Quero dizer que meu impulso original era o de não ir, de ficar em casa, mas havia outro impulso, um pouco mais mental, me dizendo que eu devia ir. Poderia ter descartado o impulso mental de ir, mas eu intuía a pulsação, por baixo do impulso de não ir – ou seja, em um lugar ainda mais ancestral –, do impulso de ir. Era uma pulsação muito tênue e difícil de perceber, mas que tinha sido um pouco amplificada pelo impulso mental de ir. Claro que poderia ser uma alucinação, mas outra intuição me dizia que não era.

Ao sair da minha casa, já me sentia melhor: o pior momento era o momento em que ainda podia ficar. Uma vez lá fora podia voltar, claro, mas isso supunha interromper um movimento já iniciado, o que é mais difícil. Assim, conforme chegava mais perto, fui relaxando pouco a pouco. Mas ao chegar no bar me desesperei outra vez, porque, concentrado como estava em identificar camadas de impulsos, acabei esquecendo de pensar que naquele lugar eu veria Camila e isso pressupunha toda uma sequência de ações. As sequências de ações que se desencadeiam com a nossa aparição, os efeitos da sequência sobre nós e sobre os outros, as transformações desencadeadas em nós e nos outros... Sem dúvida tentando evitar isso, a parte de mim originalmente enfeitiçada me deixou quase mudo e sem movimentos. Camila veio me cumprimentar com ardor tímido, e eu mal ergui a mão. "Está bem, está bem!", disse, e riu nervosa. Me trouxe uma taça e foi embora. Do balcão, olhava para mim. Nesse dia estava sozinha: muitas vezes se revezavam. De fato, era raro estarem os três. Em geral eram dois. Muitas vezes, um. Nesse dia estava só Camila. Provei o vinho: era o melhor que tinha provado em minha vida. Camila deve ter visto minha impressão contida, porque se aproximou sorridente e disse: "Viu?". "Incrível", respondi, contente por poder falar de vinho. "É um cabernet-cabernet-cabernet, três fundos de garrafas distintas de vinhos muito distintos na mesma taça." "Três fundos...", repeti com voz de bobo, e ela me olhou feio e foi para trás do balcão, se apoiou, segurou o rosto com expressão de cansaço e depois ergueu a vista, porque o casal chato a estava chamando, de modo que foi até lá e sentou à mesa deles.

Embora de repente esteja começando a parecer assim, esta não é uma história de amor. Não sei o que é, mas sei o que não é. Sei o que não é porque, se tivesse vivido uma história de amor, eu saberia o que aconteceu. E, por outro lado, preciso escrever o que aconteceu para entender. Para saber, e para poder dizer, ao saber, "já sabia". É a melhor transição: de "não sei" a "já sabia". Queria ir embora, mas precisava pagar, porque não queria ir embora sem pagar, embora pudesse ir, como tinha feito outras vezes, e pagar tudo junto na vez seguinte. Mas queria pagar, não fazer isso me parecia um gesto forte demais, e eu não estava forte, de modo que me parecia um gesto falso, um mal-entendido. Além disso, assim como me sentia imobilizado, sentia-me atraído por Camila. Fui até o balcão com uma nota em mãos. Camila disse: "me deem licença um instantinho" ao casal e se aproximou do balcão. "Quero pagar", eu disse. "Claro", respondeu com frieza, machucada. Eu também estava bastante machucado, por um feitiço ou vários.

Mas ela só via a si mesma, tive a impressão. De modo que fiz um esforço e disse: "Sigo enfeitiçado". "Imagino", respondeu. "Por quê?" "Não sei, essa bruxa não era confiável." Pensei, e certamente ela também pensou, no que havia dito sobre nós, e então ficamos os dois em silêncio. "Precisa ir em outra", me disse. "Sim," eu disse, "já arranjei outra." "Vai telefonar agora?" "Me disseram para ir direto amanhã de manhã." Ficou pensativa e depois disse: "Amanhã de manhã eu posso". "Está bem", eu disse, "é às sete." "Às sete!" "Sim." "Bem, eu vou. Como a bruxa se chama?" "Não me disseram." "Está bem." Passei a ela o endereço e me despedi contente sem saber por quê. Suponho que estava contente porque, apesar de minha imobilidade, haviam acontecido coisas às quais o feitiço se opunha ou parecia se opor. E também porque, penso agora, e devo ter me dado conta naquele momento, as coisas que acontecem dessa maneira são mais autênticas, porque são coisas que se fizeram sozinhas, no sentido de que nós não as fizemos. Quero dizer que, por exemplo, se eu tivesse convidado Camila para ir junto e ela tivesse aceitado, eu poderia ter ficado com ao menos uma dúvida: queria ir ou não?

* * *

Comecei falando de quando decidi me libertar do feitiço; agora conto isso para entender o que aconteceu com o feitiço. Sei que aconteceu, mas não sei em que situação fiquei com o que aconteceu. Poder contar isso – ou deveria dizer estar podendo – me faz pensar que, embora não tenha me libertado, posso encontrar uma forma de me libertar que seja ao menos provisória, pois, se não fosse assim, eu não conseguiria contar, porque o feitiço me impedia de fazer certas coisas como, por exemplo, contar algo. É verdade que a prosa é meio horrível: por, porque, porém, sei, não sei, quero, não quero... Mas não me ocorre nenhum motivo para que não deva ser assim ou para que deva ser de outra maneira. Além disso, tem que ser dessa maneira, isso é uma certeza. Por quê? Ainda não sei, mas sei que é parte do que preciso entender. Também sei que o feitiço poderia me fazer fracassar no caminho. Percebo, nesse sentido, que tudo isso poderia ser lido como uma alegoria. Mas do quê? Nenhum escritor antigo ou religioso teria se lançado a escrever uma alegoria sem saber a respeito do que era, ou seja, sem ter pensado antes que lição substituiria por um relato. Mas não teria problema se eu soubesse apenas ao final a respeito do que é. Ou mesmo depois do final. É como se eu fosse, mais que o escritor da alegoria, um personagem, mas um personagem que se sabe personagem de uma alegoria. Ou seja, uma pessoa que sabe que sua vida é uma alegoria que alguém está contando e da qual não sabe nem o final nem, é claro, alegoria do quê. Por exemplo, na alegoria que Jesus conta sobre o homem que planta sementes na estrada, onde são comidas pelos pássaros; sobre as pedras, onde o sol queima as plantinhas; em meio aos espinhos, onde as plantas sufocam; e na terra, onde... Nessa alegoria eu seria o homem que semeia e não entende o que faz, mas sabe que tem algum sentido. Semeio, por exemplo, a estrada, e digo a mim mesmo: "Que besteira é essa? Por que atiro sementes pela estrada? O que estou fazendo? Acho que tem um sentido, mas não o vejo, e isso faz eu me sentir um doido". E depois semeio nas pedras e me pergunto se fiquei abobado. E depois, em meio aos espinhos, já cansado de mim mesmo, dando murros na minha cabeça. E depois na terra, pensando: "Por que deixei isso para o final?".

    É que assim como não soube enquanto acontecia o que é que estava acontecendo, tampouco sei agora o que está acontecendo. O "agora" de onde conto, mas também o meu "agora", agora. Saberei tudo quando já for tarde, ou seja, quando de nada servirá saber. Ou "não de muita coisa". Claro que poderia me aferrar a coisas sólidas se quisesse. Por exemplo, agora poderia falar politicamente sobre as bruxas e justificá-las, ou mesmo sobre qualquer coisa que fosse uma injustiça ou um problema de nosso tempo, o "nosso" tempo, o nosso "tempo", e assim propiciar a todos, ou "todos", um ponto de ancoragem e comentários, uma justificativa e um guia, uma desculpa. E faria isso, se não tivesse quase certeza de que ao fazê-lo espantaria, com essa clava firme, os fantasmas delicados que começaram a se congregar ao meu redor neste momento. E evitar espantá-los é a coisa mais fiel e justificável que posso fazer, porque sei que naquele momento em que não conseguia falar com Camila, mas também em todos os momentos de que falei até agora e em todos os momentos a seguir, eu estava rodeado de fantasmas delicados, belos e confusos. Fantasmas da mesma espécie que os que me rodeiam agora.

    Esses fantasmas não faziam nem fazem parte do feitiço, no sentido de que nem tudo o que acontece por causa de alguma coisa faz parte dessa coisa. Esses fantasmas chegavam atraídos pela situação que o feitiço havia provocado, mas não tinham nada a ver com o feitiço nem dependiam de sua existência. Eu caminhava, então, à noite, e imaginava que atrás de mim estava a egrégora, que agora não queria me destruir, e, embora ainda não soubesse, havia os fantasmas rodeando nós dois. Quantos eram? Sete. Foi o que disse Alberta, a bruxa adolescente, pela manhã. Vou contar como foi.

Mal consegui dormir naquela noite e levantei cedo. Bebi café com calma, depois tomei uma ducha, li as manchetes do jornal e fui pra rua. Essa última oração é perfeita. Uma vez na rua, fui até o ponto de ônibus e esperei um, e quando chegou, subi e paguei a passagem apoiando um cartão contra uma máquina. Sentei-me e, enquanto o ônibus seguia viagem, fiquei olhando pela janela as pessoas indo de um lugar a outro, como eu, que ia de um lugar a outro: de minha casa à casa de uma bruxa. Recebi uma mensagem de Camila dizendo: "já cheguei", e então percebi que tinha esquecido que Camila estaria lá. Embora seja modo de dizer, pois de maneira alguma havia esquecido. Os fantasmas riram, certamente. Mas nesse momento eu não sabia nada a respeito dos fantasmas.

Desci do ônibus, caminhei até a porta da casa e Camila estava ali. Tinha se maquiado. A maquiagem pela manhã produz um efeito questionável, mas a maquiagem de Camila naquela manhã produziu em mim um efeito ancestral que só sou capaz de explicar imaginando um jovem pastor que, em alguma época remota, sai para cultivar a pequena porção de terra que divide com os pais e de cuja produção deve entregar noventa e cinco por cento ao seu senhor... Não sei como continuar esta frase, tudo o que escrevo é de uma pobreza que me excita. Isso me faz pensar que agora o feitiço está presente e consigo escrever *apenas* porque renunciei à escrita, no sentido de ter desistido de produzir algo que não seja pobre, como se escrevendo dessa forma eu pudesse impedir o feitiço de perceber que estou *fazendo algo*. Como se dançasse em um lugar onde é proibido dançar, fazendo passos que não são reconhecidos como dança. Como se alguém que não sabe andar, por exemplo, andasse pela rua pensando que está dançando. Se for o caso, conseguirei escrever tudo sem que o feitiço saiba e tente me bloquear. Não é uma opção ruim, porque achar um espaço no qual o feitiço não funcione é como não estar enfeitiçado. E além disso, renunciar à escrita para poder escrever é o ato mais genuíno e justificável possível para mim. O pastor, então, sai e se agacha para arrancar uma erva daninha, e enquanto faz isso vê pés lindos com unhas pintadas e ergue um pouco a cabeça sem se endireitar e olha as panturrilhas unidas a esses pés e depois reúne forças para não voltar a baixar a cabeça e continua subindo pelas pernas, pela cintura, pela barriga, pelo peito e pelo pescoço até chegar a um rosto maquiado. O efeito da maquiagem de Camila foi o mesmo, não sei explicar de forma mais precisa. Por fim, o pastor se recompõe e se endireita todo, porque vê que quem está ali não é senão a sua vizinha, filha de outro pastor, e embora estando de pé ele consiga conversar com ela como se nada estivesse acontecendo, o efeito inicial de fraqueza segue ecoando ao fundo em uma nota muito grave que o deixa tonto. E embora consiga simular que não está tonto, a tontura também ecoa de fundo e o situa em um plano de sensibilidade distinto, ou seja, o pastor consegue transformar a tontura em outra coisa. E a pastora se dá conta disso, não no sentido de que vê tudo isso, mas no sentido de que entende que algo está acontecendo, gosta do que acontece e sabe que é a responsável.

* * *

A casa de Alberta, a bruxa adolescente, era uma casa moderna. "É", eu deveria ter dito, porque estive lá há poucos dias. Mas contarei isso quando for apropriado, se for apropriado: não quero me adiantar. Ao mesmo tempo, pode ser que a casa não exista mais quando isso for lido, então é melhor dizer "era". Era uma casa moderna, mas não vista de fora e sim por dentro. Não faz sentido contar como é uma casa moderna. Tampouco faz sentido dizer o que aconteceu dentro da casa, exceto o que importa: houve um ritual em que Alberta gritou para mim, fora de si: "tire a máscara!". Seria adequado dizer alguma coisa sobre Alberta: cultivava um ar adolescente, mas visivelmente já se aproximava dos trinta; era muito magrinha, mas dava uma impressão de fortaleza; era muito bonita e moderna como sua casa, mas parecia de uma época remota; dava a impressão de uma inteligência concentrada, mas falava como se estivesse alheia; e estava maquiada e bem vestida, mas isso lhe conferia um aspecto de indolência. Elogiou a blusa azul que Camila estava vestindo: "Ah, essa blusa, é uma graça", disse. Para mim, só disse o imprescindível: "oi", "entre". Lá dentro pediu que eu me despisse ("Tire a roupinha", falou) e que ficasse em posição fetal no chão; então gritou para eu tirar a máscara e me desferiu um chute e cuspiu em mim enquanto me insultava com enorme grosseria ("arrombado", "cara de cu" etc.); depois se jogou sobre mim como se tentasse me cobrir com seu corpo e começou a se sacudir; por fim se levantou e disse para eu me vestir. Quando me levantei, vi que ela também havia se despido e seu corpo magro me comoveu; ela me viu olhando para ela e fez cara feia; olhei para Camila, que dava risada cobrindo a boca. "Tudo bem?", perguntei. Camila me fez sinal erguendo o polegar, ao mesmo tempo em que Alberta dizia: "Não!". "Qual é o problema?", perguntei sem entusiasmo enquanto me vestia. "Tudo", me respondeu a bruxa com o torso nu: ela já tinha vestido a calça, mas estava diante de uma arara de roupas escolhendo a peça de cima. "Qual você acha?", perguntou a Camila, e antes de Camila reagir disse: "Ah! Veja só essa". Era uma blusa azul quase igual à de Camila. "Haha", disse Camila, e a bruxa também riu. "Qual é o seu nome?", perguntou Camila. "Alberta", respondeu a bruxa, e só então eu soube seu nome. "Alberta", eu disse, "o que você quer dizer quando diz que o problema é tudo?" Ela repetiu em tom de deboche: "*O que você quer dizer quando diz que o problema é tudo...* Aprende a falar antes". "Bem", eu disse, "me responda alguma coisa." "Respondo se eu quiser." Camila ria às gargalhadas. "Não tem graça", disse Alberta, "há muitos problemas... Todos os problemas... Está cercado de fantasmas: sete fantasmas. E além disso há uma egrégora, mas está tranquila. Só que isso não é tudo, ai ai." "O que mais?", perguntei, e ela repetiu em tom de deboche "*O que mais?*", e disse a Camila: "Não entendo o que você vê num cara desses". "Bem...", Camila começou a dizer sem parar de rir, e não prosseguiu. A situação também me divertia, embora ao mesmo tempo me ofendesse um pouco. "Querem café?", perguntou Alberta, e sem esperar resposta disse "eu quero" e foi à cozinha.

    Seria adequado descrever a casa. Não porque eu queira, mas porque sem essa descrição será impossível entender o que estou contando. Mas não farei isso, por um lado porque não quero, e por outro porque não tenho a pretensão de que se entenda o que digo, mas sim contar algo para entendê-lo. Isso não quer dizer que esteja escrevendo para mim mesmo: não escrevo nem para mim nem para os outros, mas para contar algo que quero contar e que depois possa ser lido e sirva de ajuda; ou seja, não para recriar. Porque agora tenho um novo receio: que o tom leviano dê a entender que isso é uma brincadeira, ou uma travessura literária, ou alguma coisa horrível do gênero. E não, é algo que emana de uma situação de muita escuridão. Estar enfeitiçado não é algo leviano, é algo que precisa ser entendido. De qualquer modo, quando é preciso explicar, é porque algo não está funcionando direito. Era preciso explicar? Talvez já desse para entender e só faltava que eu entendesse. Eu entendo, mas, se faço de conta que não entendo, vou acabar não entendendo. E minha ideia é entender alguma coisa, ao menos um pouco. Então vou mudar de tom. Embora não saiba o que é o "tom". Vou tentar encurtar a distância entre o que conto e minha forma de contar. Mas não sei bem o que estou contando e não sei qual é a forma de contar. E além disso existe a possibilidade de, mudando a forma de contar, levar o feitiço a agir e me impedir de continuar. Não vou recriar, mas vou tentar falar na escuridão. Aí sim, isso eu posso tentar fazer. Vou tentar fazer com que a escuridão se transforme em liberdade. Isso eu também posso tentar fazer, e é o melhor caminho para um livro que deseja aceitar a escolha do povo. Acho que, nesse sentido, a melhor coisa que eu disse até agora foi: "Achar um espaço no qual o feitiço não funcione". No momento, esse é o conselho do livro para todos os enfeitiçados e enfeitiçadas do mundo: em vez de tentar desfazer o feitiço, achem um espaço no qual o feitiço não funcione. Se eu soubesse disso, teria evitado todas as peripécias que estou contando. Mas, se tivesse evitado as peripécias, não teria o que contar e não teria chegado a essa ideia do espaço no qual o feitiço não funciona, porque ter vivido o que estou contando gerou a necessidade de contar, e essa necessidade gerou a necessidade de achar um espaço no qual o feitiço não funcionasse para poder *fazer algo*, ou seja, contar. E tudo isso me permitiu ser útil para outros.

* * *

Então sei, ou acho que sei, que o feitiço não funciona com essa forma pobre de contar. Pobre em todos os sentidos: pobre em estilo, pobre em estrutura. Mas, ao mesmo tempo, luxuosa, porque o espaço no qual o feitiço não funciona é o do luxo. E preciso dizer que muitas vezes leio textos grandiosos em estilo e estrutura e eles me parecem enfeitiçados e tristes. Porque o que me interessa é o que escapa ao feitiço, ou seja, o que não obedece. Para escrever com riqueza, é preciso se submeter a certas leis. Porque a riqueza é a contribuição do que foi acumulado, e o luxo, por outro lado, é esbanjar o que os outros acumularam. Mas toda acumulação é acumulada pelos outros. Talvez seja essa a questão: reivindicar ou não o acumulado pelos outros. Se o reivindicamos, somos ricos; se não o fazemos, podemos ter acesso ao luxo. Não posso reivindicar, só posso gastar ou desdenhar. Busco o luxo, que nunca é vulgar: vulgar é a acumulação. Um luxo cigano... Gastar tudo rápido, como se me restasse pouco tempo de vida. Gasto tudo o que passa pela minha frente para que não se acumule, e assim fico sem nada. Me ocorrem muitas outras metáforas, mas é melhor seguirmos, porque não quero mais falar disso. Sobretudo porque me dou conta de que a pobreza também deve chegar às ideias: não devem haver ideias articuladas, senão o feitiço perceberá e eu perderei a possibilidade de continuar contando. Além disso, as ideias articuladas são, no fim das contas, impostações, e, embora isso nada tenha de ruim, sei que não é o momento de impostar. Alguém poderia se perguntar por que falo em seguir contando enquanto, em vez de contar, digo essas coisas. Acho que tenho a resposta, é algo que intuo: se eu contar por muito tempo seguido, o feitiço poderia perceber algo estranho, ou seja, poderia notar que estou *fazendo algo*. Como os presos que precisam preparar a fuga, devo agir aos poucos, com muitas interrupções e, devagarinho, ir cavando o poço dentro da cela. Poderiam perguntar por que não fico quieto quando não estou contando, mas devo dizer que isso também seria suspeito, como um preso que, enquanto não cava, fica parado no meio da cela.

Tudo isso por causa do feitiço. Depois há os fantasmas. Os fantasmas são delicados, como eu disse, e qualquer movimento brusco os espantaria, então preciso andar com cuidado, porque eles me ajudam. Foi o que Alberta disse enquanto tomávamos um café na cozinha de sua casa. E disse com simpatia, porque os maus tratos verbais eram apenas para o ritual, e já havíamos terminado. Ela disse: "Os sete fantasmas são bons. Você não precisa se desfazer deles. Na verdade, precisa cuidar deles, porque eles te ajudam. A egrégora não os vê, mas os fantasmas veem a egrégora e a mantêm tranquila com carícias e sussurros". "De onde saíram os fantasmas?", perguntei, e ela me disse: "Todos temos alguns fantasmas ao nosso redor, ao menos na infância, mas em geral eles vão sendo afugentados conforme crescemos, ou fica só um, ou dois, meio tristonhos". "E ele manteve os seus?", perguntou

Camila. "Não, não... Dois são velhos, mas os outros são novos, chegaram há pouco, quando os dois velhos pediram ajuda para acalmar a egrégora." "Por que Sandra não os viu?", disse Camila pensando em voz alta, e Alberta a olhou feio, também olhou feio para mim, perguntando que Sandra. "Sandra, a bruxa", eu disse. "Ah", disse Alberta: "deviam ter dito que já haviam visitado uma bruxa... Sandra, sim, sei quem é, tem seus métodos próprios... O que ela fez com você? O que ela disse?". Contamos tudo o que Sandra havia feito e dito, e Alberta escutou com atenção. Quando terminamos, disse: "Preciso consertar algumas coisas que ela fez. Mas a parte sobre vocês é verdade, para mim é como se estivessem casados... Sério que nunca rolou nada?". "Nada", dissemos ao mesmo tempo Camila e eu. "Nem um beijo?", perguntou Alberta. "Não", dissemos de novo ao mesmo tempo. "Hmm... Então não façam nada, nunca: é muito perigoso." "O que é perigoso?", perguntou Camila. "Fazer algo que já está feito", respondeu Alberta. "Mas não fizemos nada", disse Camila. "Por isso", disse Alberta: "como vão fazer algo que foi feito sem que vocês fizessem nada? De qualquer modo, mesmo querendo não vão conseguir". "Eu poderia beijar ele agora", disse Camila, desafiadora. "Tente, vamos", disse Alberta, e Camila ficou quieta por alguns momentos e depois disse: "Não, tudo bem".

* * *

Isso que acabo de contar não aconteceu assim: aconteceu de outra maneira que não sei qual é. Refiro-me ao diálogo, do qual não lembro bem, e ao momento do beijo, que não sei se foi assim. Em todo caso, depois de ver o que aconteceu, Alberta disse que não podia me ajudar, seu poder não servia para o meu problema e eu precisava ver outra pessoa: o bruxo Ricky. "Ricky, soa familiar...", eu disse. "Não importa se soa familiar ou não, ligue para ele. Mas antes", disse, "podemos nos divertir." "Como?", perguntou Camila, que havia ficado incomodada com o desafio do beijo. "É uma das coisas que sou capaz de fazer: podemos sair para dançar hoje à noite", disse Alberta. "E qual é o meu problema?", perguntei. "Comportamento inexplicável", respondeu. Olhei para ela sem entender e ela disse: "O que você faz não tem a ver com o que acontece ao seu redor. Seria o extremo oposto de um animal, mas também não é isso, porque o que você faz tem a ver com algo que não é estímulo e não é pensamento, mas outra coisa, inexplicável, porque também não é a egrégora ou os fantasmas". "Eu me sinto compreendido", eu disse, e Camila, incomodada, disse: "Sentir-se compreendido quando alguém diz que você é incompreensível...". "Ela não disse que sou incompreensível", eu disse. "Não, disse que seu comportamento é inexplicável", disse Camila, e Alberta assentiu e acrescentou, olhando para Camila: "É verdade, é como você disse, mas precisa entender que isso equivale a dizer para alguém que tem um problema: você tem um problema". "Estou irritada e tudo me incomoda", disse Camila. "Te entendo, querida", disse Alberta. "Por isso hoje vamos nos divertir." Alberta sim cobrou, e não foi pouco.

Assim fomos embora com a promessa de voltarmos às onze da noite. Camila e eu nos despedimos como na vez anterior: sem nos despedir, apenas um "tchau" e cada um para o seu lado. Eu estava, como disse, contente, porque sentia que meu problema tinha um nome, embora, pensando agora, minha alegria não fizesse sentido: só havia me dito que era inexplicável. Camila tinha razão de estar irritada, e também tinha razão ao debochar de minha alegria.

* * *

É impossível contar a saída noturna com Alberta. Principalmente, embora não só, porque Alberta, antes de nos levar a uma discoteca, deu uma poção para tomarmos que, ao menos no meu caso, me tirou completamente do eixo. Ao ver o efeito, Alberta disse: "Agora, pelo menos durante esta noite, seu comportamento será explicável". E foi mesmo. Eu não ia a uma discoteca desde os quinze anos, e lembrava que não apenas não gostava de ir como, uma vez lá dentro, não gostava de dançar. Mas dessa vez dancei feito um louco ao ritmo da música e das luzes, beijei Camila na bochecha e a abracei, beijei Alberta na boca e, no fim das contas, passei a noite com Alberta em sua casa. Também briguei com o segurança musculoso da porta. Dormi talvez umas duas horas e acordei ainda sob efeito da poção. Alberta estava dormindo enrolada, como uma bola da qual sobressaíam as costelas. Estava de olhos fechados, claro, e então me dei conta de que não sabia a cor de seus olhos. Verdes? Azuis? Acinzentados? É cafona, mas foi o que pensei naquele momento, e se a ideia é dar oportunidades... Enquanto me vestia, pensei em despertá-la para ver seus olhos, mas os olhos recém-abertos não têm cor fixa e além disso eu não queria despertá-la: que tipo de diálogo teríamos? De modo que fui embora em silêncio. Em casa voltei a dormir ou cochilar por umas duas horas. Depois bebi muita água e saí para caminhar na orla. Eram nove horas e fazia frio. Era outono. Fiquei agitado e sentei no chão. Olhei o mar e o sol – sem olhar, claro – e fui até a praia. Tudo isso acontecia porque eu estava sem trabalho. O telefone tocou: era Camila e não atendi, porque não conseguia, porque estava enfeitiçado. Tirei a roupa e entrei na água, mas só até a cintura, e fiz xixi. Estava sem trabalho porque estava cansado de meu trabalho. Meu trabalho consistia em surrar pessoas, e na noite anterior lembrei disso enquanto brigava com o segurança da porta. Antes de ser capanga, eu tinha sido policial. Sempre gostei de escrever, e o fazia ocasionalmente, mas coisas breves, soltas, dispersas, e, de vez em quando, algumas coisas mais longas que eu tinha abandonado por não saber como continuar. Isto que estou escrevendo é a coisa mais longa que já escrevi na vida, e por enquanto não parece que eu vá abandonar. Aos trinta e dois larguei a força policial porque, embora soe ridículo, nunca gostei de disciplina. E, além disso, porque lá dentro vi muitas coisas das quais não gostei. Não digo que eu tenha sido irrepreensível, mas tinha gente horrível de verdade. "Como em qualquer lugar", poderão dizer. Não sei se dá no mesmo. Depois aceitei algumas encomendas para surrar ou ameaçar pessoas. Foram poucas, umas quinze, e todas eram pessoas um pouco desagradáveis. "Isso não te dá o direito de surrá-las", poderão dizer, e eu diria que é verdade, mas... Tinha juntado bastante dinheiro e decidido não bater em mais ninguém, e anunciei isso depois da última encomenda. Os meses passaram, e o ócio começou a me confundir. Um dia me dei conta de que estava enfeitiçado, e assim começou tudo o que estou contando. Mas continuava sem conseguir escrever algo longo, e eu – já tinha decidido isso – queria escrever algo longo. Na escola policial debochavam de mim porque eu lia, mas ao mesmo tempo isso gerava um respeito raro que me permitiu galgar posições rapidamente. Quando saí da água e comecei a me vestir, ouvi uma notificação de mensagem. Imaginei que devia ser de Camila, mas não, era uma frase enviada por um anônimo. Por essa frase é que me vi obrigado a contar contra minha vontade um pouco sobre o meu passado laboral, porque era uma frase do passado irrompendo nisto que estou contando, o meu presente naquele momento. "No café X às 11."

Não queria mais surrar ninguém, mas estava tão confuso... Nem pensava no dinheiro: já tinha bastante, porque surrar pessoas é um trabalho bem pago. Nem sempre, mas para mim designavam pessoas que precisavam ser abordadas e surradas com profissionalismo, para que a mensagem fosse simpática e dura, uma combinação difícil e amedrontadora. Eu estava confuso pela falta de um norte, pelo comportamento inexplicável. Então encarei como um desafio: como seria surrar alguém estando confuso e enfeitiçado? Qual seria o efeito disso?

* * *

Eu queria escrever um romance autobiográfico de autoajuda, contando ordenadamente o que aconteceu comigo ao tentar me livrar do feitiço. Mas como não entendo o que aconteceu, não posso contar ordenadamente. Assim, abandonei minhas ambições e me abandonei. Não queria falar de minha vida anterior, e agora estou fazendo isso, mas, como disse, não havia como evitar. Não havia como evitar porque sem isso não daria para entender o que quero contar, mas também porque, como eu disse, nunca gostei de disciplina. De qualquer modo, se escapei da disciplina policial não foi para me disciplinar tão facilmente e tentar fazer uma narrativa ordenada. Posso fazer o que eu quiser. Pouco me importa se o resultado for ruim: me dou uma oportunidade. Sei que fazer isso que estou fazendo agora mesmo – as últimas três orações – é pior até que ter mencionado minha vida anterior, mas não me importo. Sei porque li. E não me importo porque não gosto de disciplina e porque meus livros favoritos sempre foram os que não voltam atrás.

    Quando mudei de vida, ou seja, quando deixei de ser capanga com o intuito de me tornar escritor – porque a mudança anterior, de policial a capanga, não foi realmente uma mudança de vida, mas uma espécie de degradação –, ocultei meu passado: esqueci todos meus amigos e conhecidos e comecei a fazer terapia psicanalítica, um velho desejo meu para o qual eu nunca encontrava motivação. Um dia a terapeuta, Lorena, recomendou, depois que fiz troça da astrologia, que eu fizesse um mapa astral. Me deu três telefones: duas astrólogas e um astrólogo. Eu levava a sério tudo o que Lorena me dizia – por estar acostumado a obedecer, talvez –, de modo que telefonei antes para o astrólogo, Ricky, mas ele não atendeu. Depois fiquei imobilizado diante dos dois telefones: Luz e Mariluz. Fui caminhar pela cidade e me perdi; encontrei um bar de vinhos que me agradou e fiquei ali. A garçonete que me atendeu foi Camila, e não demoramos a nos dar bem, embora naquela ocasião mal tenhamos nos falado. Depois de duas taças, decidi por Luz. Telefonei para ela e marcamos para o dia seguinte. No dia seguinte fui à casa de Luz e dei meus dados – data e hora de nascimento, cidade, nome – e paguei. Na semana seguinte voltamos a nos encontrar, e ela me contou o que tinha aprendido a meu respeito, ou, como disse em um tom um pouco brincalhão, "o que dizem os astros".

* * *

Fui ao café X às 11 da manhã sem trocar de roupa, suado, ainda sob os últimos efeitos da poção. Queria que me vissem assim e decidissem em função de... Preciso dizer que às vezes, quando surrava pessoas, eu ia acompanhado de outro sujeito, que podia matá-las a depender do que acontecesse quando... Não quero contar isso. O sujeito que matava pessoas era muito agradável e jovem, magro e alto, um pouco nervoso, mas com estilo: sapatos de bico fino, calça justa, camisa com estampas sóbrias, mas surpreendentes (como escorpiões, aranhas, labirintos). E era muito quieto. Todos os assassinos são muito quietos, ao menos os que duram no ofício; os que falam muito costumam acabar se dedicando a outra coisa. O sujeito nunca precisara usar sua arma: mostrá-la em certo momento bastava para que... Mas da última vez mandaram outro sujeito e... Por isso fui embora. Não porque tenha ficado impressionado, mas porque pensei que aquilo marcava o início de uma nova etapa na qual eu não queria ingressar.

Não darei detalhes sobre a reunião, contarei apenas o mínimo necessário. O sujeito se surpreendeu com minha "mudança física", especialmente por meus cachos, mas não deu importância e disse que tinham ficado sabendo que eu voltara a aceitar tarefas. "Que tarefas?", perguntei. "Ontem, na porta da festa, não?" "Ah, sim...", eu disse, um pouco surpreso. Então me ofereceu um trabalho que consistia em surrar um cara bem traiçoeiro, C..., na porta de um restaurante ao qual iria, segundo souberam, sem seguranças, ou no máximo os seguranças esperariam do lado de fora e demorariam para... "Uns socos fortes nas costelas, nada mais que isso." Eu aceitei e disse que seria a última vez.

Ignorei durante o dia inteiro as mensagens de Camila e por isso me senti mal, mas ao mesmo tempo a tarefa que tinha pela frente me dava segurança. À noite vesti roupas confortáveis e saí para caminhar. Depois peguei um táxi até uma zona de bares e deixei um documento falso em um ponto de aluguel de bicicletas. De bicicleta, aproximei-me da porta e esperei meio agachado atrás de uma árvore, fumando, hábito que tinha largado por associá-lo ao meu trabalho de policial e capanga. Quando o cara saiu, me aproximei com um sorriso e perguntei se ele era o C...; ele respondeu que sim e o acertei muito forte nas costas duas ou três vezes. Ele ficou caído no chão se contorcendo, e eu estava subindo na bicicleta para escapar quando apareceu o assassino da última vez, atirou em uma perna dele, entrou num carro e fugiu. O ruído atraiu uma pequena multidão, mas eu já estava fora de alcance. "Merda!", falei enquanto pedalava, porque me deixara enganar.

* * *

Isso foi tudo. Não aconteceu mais nada com meu trabalho de surrar pessoas, nenhum problema de nenhum tipo: me pagaram, o fato caiu no esquecimento e pronto, porque nunca, ao menos até agora, voltaram a me ligar, e já se passaram vários meses e não acho que vão ligar, e de qualquer modo eu não aceitaria. Mas o episódio teve consequências. A primeira, ou a mais imediatamente identificável para mim naquele momento, foi me deixar mais confuso que antes. Confuso de uma forma paradoxal: bater nos outros me estruturava e eu estava sem estrutura, então de repente foi como se estivesse duro e mole ao mesmo tempo, como um inseto. Era uma sensação horrível que se traduzia em dores físicas. Agora me lembro que na noite com Camila e Alberta aconteceu outra coisa. O que houve foi que Alberta começou a me dizer coisas muito sombrias no ouvido, coisas sobre a morte e o mundo. Me disse: "Vivemos entre mortos, agora dançamos entre mortos, está vendo?". Eu não via nada, mas disse que sim. "Olha só esse", me disse, "esse quer se juntar aos teus fantasmas... Não vamos deixar!" Foi aí que ela me beijou. Depois disse: "Te beijei porque beijar espanta os fantasmas". Camila não tinha nos visto porque estava no banheiro ou comprando bebida. Quando voltou, Alberta fez um gesto para mim que significava "seja discreto". Fui discreto, mas Camila notou algo de estranho. Foi aí que a beijei na bochecha e a abracei. Isso provocou em mim um efeito muito intenso de serenidade espiritual. Em dado momento, Camila, que estava incomodada, disse que queria ir embora. "Vou ficar mais um pouco", disse Alberta, e eu disse a mesma coisa, mas acompanhei Camila até o táxi. "Qual é o lance?", me perguntou Camila lá fora. "Que lance?" "Com essa bruxa." "Ah, não sei, por quê?" "Por nada", ela disse, e nesse momento chegou um táxi e ela entrou e foi embora. Quando eu quis voltar para a festa, o segurança da porta me impediu. "Eu estava ali dentro", comentei com um sorriso, e mostrei a pulseirinha de papel que tinham me dado quando paguei a entrada. "Não", disse, olhando para outro lado, e isso me enfureceu. Devo dizer que sou magro e não passo uma impressão de perigo. O cara era, como costumam ser, alto e musculoso. Por isso, quando disse que lhe convinha sair da frente e me deixar passar, ele riu e tentou me dar um empurrão; eu desviei e o empurrei suavemente, mas com mira; ele tentou se segurar em mim, mas eu o fiz girar sobre si mesmo e ele caiu no chão. Me olhou surpreso enquanto se levantava. Outros dois seguranças riam. "Agora posso entrar?", perguntei. "Não!", gritou, e se lançou sobre mim e eu o fiz cair de novo, mas caiu de mal jeito e dobrou o punho. Os outros dois seguranças olhavam assombrados e o que estava no chão segurava o punho, estranhando. Então Alberta saiu, me pegou pelo braço e fomos embora. "Não era minha intenção, mas você...", eu disse ao segurança enquanto partíamos. "Sabia que você estava arrumando confusão", me disse Alberta. Pegamos um táxi e fomos para a casa dela.

* * *

Vou tentar seguir ordenadamente. Mas acabo de lembrar que deixei em suspenso o encontro com Luz em que ela leu o meu mapa astral, então primeiro quero contar isso. Mas antes quero esclarecer uma coisa, porque está me deixando incomodado: não fui policial, nem trabalhei surrando pessoas. E tampouco lutei fisicamente com o segurança da porta, embora tenhamos, sim, discutido bastante intensamente e inclusive nos empurrado, até que Alberta saísse e dissesse: "Sabia que você estava arrumando confusão". Trocar empurrões é um ato físico, mas não chega a ser uma briga. Todo o resto é verdade. Mas a mensagem que recebi na praia foi outra mensagem. Embora dissesse o mesmo: "No café X, às 11h".

Percebo que também não quero contar o que Luz me disse: é muito íntimo. Por isso mesmo inventei a história de ser policial e surrar pessoas: para não contar intimidades. "Mas já não contou muitas?", poderão me dizer (vocês). Claro, justamente: quero restringir os dados íntimos ao estritamente necessário. Assim, seguindo com a ideia de contar só o estritamente necessário, posso dizer que Luz me recomendou visitar uma bruxa.

Mas isso não aconteceu na primeira vez em que nos vimos. Nos vimos mais duas vezes antes, depois uma quarta, e nos tornamos amigos. Na quinta vez ela me aconselhou a visitar uma bruxa e me deu os três telefones no encontro seguinte. Àquela altura, eu já suspeitava que ela era bruxa.

* * *

Tenho vergonha de dizer isso, mas preciso dizer que na verdade fui policial, sim, e surrei pessoas para ganhar dinheiro. Acontece que me deu muita vergonha ver isso escrito e, como minha ideia é não apagar nada, então precisei mentir... Não é que realmente tenha sido policial, nem que tenha surrado pessoas, mas não posso dizer que isso seja mentira. Não posso dizer nada. Tenho bons motivos para agir assim, e por isso lhes peço que deixem esse assunto na indeterminação, em outras palavras, que seja e não seja ao mesmo tempo: é disso que preciso. Mas também é o que vocês precisam, vocês a quem estou ajudando enquanto me ajudo. Agora a ajuda ou a proposta consiste em treinar a duplicidade: conseguir que as coisas sejam e não sejam ao mesmo tempo. Se conseguirmos isso (vocês e eu), será um grande feito. Quero que isso seja útil para quem ler. Mas agora dá a impressão de que estou pedindo ajuda, ou seja, que escrevo isso como um "grito de socorro". Também é uma via dupla: dou e peço ao mesmo tempo. Alguém dirá: "Boicota a si mesmo". E eu escuto a frase e começo a tremer. Não boicoto a mim mesmo, porque não tenho um plano, e não é possível boicotar um plano inexistente. Boicoto a possibilidade de que surja um plano, mas isso é outra coisa, ou seja, não é um boicote, mas um "grito de socorro". "Socorro, está prestes a surgir um plano que depois tentará me dominar!", grito, e algo surge em meu auxílio. Digo "algo", mas sei que são meus fantasmas. Me ajudam com algo muito concreto: evitam que o feitiço se torne denso, ou seja, uma egrégora. Sei disso agora, mas antes não sabia, e vocês ainda não poderiam entender (mas vão entender depois). De modo que preciso andar com cuidado. Depois (vocês) dirão: "sobre o que é isso?". E eu responderei: "Sobre nada!". Mas seria mentira; deveria responder: "Sobre mim". E também seria mentira. É um autorretrato, mas ao mesmo tempo é o retrato de outra coisa. E vocês se verão retratados, também, se quiserem, como uma terceira coisa que aparece antes de pontos de interrogação que vocês mesmos puseram.

* * *

Então segui o conselho de Alberta e telefonei para Ricky, o bruxo, o astrólogo. Montei o cavalo, finalmente, mas um cavalo qualquer, não um que já estava encilhado, como aconteceu com o pobre compadre Miguel (isso é a letra de uma música). Acho que montei um cavalo no qual já estava montado. Mas, claro, quando subimos em algo onde já estávamos, o efeito é incrível, nada forçado. É o que proponho, por fim, como ajuda, ou seja, como proposta: montem no cavalo em que já estão montados, porque no fim das contas não existe outro. É como se fôssemos, na verdade, centauros. Assim, a frase: "o cavalo encilhado só passa uma vez, e se você deixá-lo passar, ninguém vai te montar nele" ganha um sentido precioso, como se fosse um tesouro que os deuses deixaram entre os humanos para que pudéssemos entender a nós mesmos. E a frase circulou durante séculos e sobreviveu no mal-entendido e agora podemos entendê-la bem de novo, talvez pela primeira vez em muito tempo: se você não monta no cavalo em que já está montado, ou ao qual está unido, nenhuma outra pessoa vai te montar, ou te unir, a ele. Ah, sinto que estou ajudando. Quantas frases como essa terão se perdido mascaradas na História?

A lenda dizia que o bruxo Ricky tinha sido mulher, mas em dado momento um espírito furioso o transformara em homem. E ele sempre dizia que, desde Tirésias, era a única pessoa capaz de dizer quem sentia mais prazer, mas não iria revelar. Tudo isso eu soube muito tempo depois – não lembro quem me contou, se foi Alberta ou minha psicanalista Lorena –, e quero avançar ordenadamente, ou seja, cronologicamente, porque, se eu for dizer a verdade, quase sempre que leio um relato que não está em ordem cronológica me sinto manipulado. Sobretudo quando dá a impressão de que quem escreveu o livro já sabia como seria o relato. Se sabia, por que não contou na ordem?! Claro que há muitas exceções, porque há relatos que só podem ser contados dessa maneira. Mas não é o caso deste no momento.

O bruxo Ricky era muito simpático e a primeira coisa que fez foi cortar minha mão com uma faca e coletar um pouco do meu sangue em uma tigela chinesa de porcelana branca. Eu tinha ido sozinho, porque não consegui atender o telefonema de Camila. Depois Ricky se masturbou rapidamente e misturou seu sêmen com meu sangue. Embora não tenha me dado conta naquele momento, no sentido de que não era um conhecimento consciente, devo ter intuído que o que usou para se masturbar era uma prótese. Depois untou seu rosto e o meu com a mistura, e talvez eu não tenha me impressionado porque, sem saber, já sabia que... "Agora vamos conversar", me disse, e trouxe duas cadeiras: uma de madeira, leve, e a outra de escritório, com rodinhas. Sentou-se na de escritório e fez sinal para que eu me sentasse na de madeira; mas quando eu estava prestes a apoiar o traseiro, deu um chute na cadeira e eu caí sentado no chão. O ritual todo foi dessa maneira. Em dado momento, ele colocou o rosto diante do meu e gritou: "Cuspa em mim se tiver vontade!". Bem, esse tipo de coisa: é entediante contar rituais ruins. Paguei – bastante – e saí furioso. "Sou um idiota!", repetia. E também repetia: "Estou enfeitiçado e as bruxas e bruxos se aproveitam de mim". Andei por várias quadras sem rumo; muitas quadras, trinta ou quarenta. Passei pela calçada do outro lado da rua do bar de vinhos e vi Camila sentada com o casal chato. Quis atravessar, mas não consegui, porque estava enfeitiçado. Então pensei que não tinha problema, porque Camila parecia estar no futuro e talvez eu ainda não devesse ir em direção a ele. Embora ao mesmo tempo parecesse um futuro já realizado, e talvez por isso eu não conseguisse ir até lá e devesse procurar um futuro ainda por realizar. E também, nesse sentido, parecia um passado: "um futuro passado" seria a expressão mais precisa. Então segui caminhando e fui me aproximando da casa de Alberta. Quando estava a poucas quadras, telefonei para ela; me atendeu e disse que sim, eu podia ir visitá-la.

* * *

Alberta ainda vestia a blusa azul. Não "ainda", claro, mas a usava de novo. A primeira coisa que me disse foi: "Não está pensando em repetir aquela noite, né?". Não tinha pensado nisso, mas, quando ela disse, percebi que sim, tinha pensado, e inclusive ido até lá com esse intuito. "Não, não", eu disse. "Não foi grande coisa, de todo modo", ela disse, "embora também não tenha sido tão ruim assim... Mas não quero nem imaginar como seria sem a poção!" "Como seria?", perguntei feito um palerma que estica o pescoço no... "Uma vergonha!", ela disse, e riu. Eu lembrava vagamente daquela noite, mas lembrava bem, no sentido de que a recordava em detalhes, mas todos os detalhes estavam soltos. Bastaria alguém capaz de ordená-los para que os detalhes soltos se transformassem em um relato preciso. Desordenados, não estavam à disposição de minha memória, no sentido de que eu não era capaz de evocá-los, mas quando alguém mencionava um momento específico eles vinham à tona. Vieram à tona, então, alguns detalhes de nosso encontro, e eu disse a Alberta: "É verdade, não foi grande coisa... O problema é que estou enfeitiçado". Ela riu: "Estou vendo para quê você usa o feitiço". "Para quê?", perguntei outra vez esticando o pescoço. "Para pôr a culpa de tudo nele. Mas foi bom para mim, na verdade, gostei um pouco, e poderíamos repetir agora se quiser." "Repetir?", eu disse. "Hoje você está mais bobo que no outro dia", me disse Alberta rindo, e acrescentou, indo até a cozinha: "Além disso...". "O quê?" Fui atrás dela. Enquanto fazia café queimado, me disse: "Além disso, fiz como parte do ritual... Deveria cobrar". Eu não soube o que responder. Enquanto tomávamos o café queimado, contei o que Ricky tinha feito comigo e disse que tinha percebido algo estranho quando ele se masturbou, no sentido de quê... "Ah, usou uma prótese!" "Era uma prótese?" "Sim, certeza. Às vezes ele usa. Pense que, caso contrário, não poderia fazer esse ritual cinco ou seis vezes por dia, ficaria extenuado."

Alberta continuou falando. Enquanto ela falava, eu pensava entristecido que jamais me livraria do feitiço. Ainda não sabia o que depois ficaria sabendo sobre o funcionamento do feitiço, porque isso eu soube depois; tampouco tinha entendido que era possível procurar espaços ou formas de fazer as coisas de um modo que o feitiço não funcionasse, porque isso entendi faz pouco, ao contar o que me aconteceu tentando me livrar do feitiço. Porque... Deu para entender, acho. Não quero ser redundante nem tedioso: quero ser útil. Em dado momento eu disse a Alberta: "Você não é bruxa". "O que é ser bruxa?", perguntou, e respondi que não sabia. "Bem, então não tem como saber se sou bruxa ou não... Andou vendo Camila?", me perguntou. "Não", eu disse. "Passe um tempo sem vê-la: se o amor for verdadeiro, vencerá", me disse, e eu não podia acreditar em meus ouvidos, e ela deve ter notado isso no meu rosto, porque disse: "Acha um clichê?". "Hmm... sim", eu disse. "E qual é o problema?", perguntou. "Que qualquer pessoa pode dizer isso." "E qual é o problema disso?" "Não sei." "Você não sabe nada." "Pode ser." "Não, é: você não sabe nada." "Beleza, não sei nada." "Está dizendo que sabe?" "Não sei." "O que você sabe?" "Não sei, nada." "Está vendo? Você não sabe nada." "Não, não sei nada." "Bem, agora vá embora e me deixe em paz." "Ir embora?" "Sim, foi o que eu disse." "Não quer que...?" "Vá, por favor." Então voltei a oferecer o pescoço: aproximei o rosto para dar um beijo, e ela começou a rir de uma forma que machucava tanto... Por que fiz isso naquele momento? Continuo sem entender. Agora mesmo penso naquele instante e não entendo. Ou talvez sim: acho que quis me salvar, com um beijo, do que aconteceu assim que saí da casa dela.

Porque, quando ela fechou a porta, minha alma, se me permitem o termo, afundou como nunca havia afundado, nunca, de verdade, e não sei por que isso aconteceu. Agora sei que quis evitar esse afundamento com um beijo desesperado. Mas por que afundei? Acho que o motivo é compreensível. E além disso houve outro diálogo logo depois de minha tentativa de beijo, instantes antes de ela me pôr para fora. Comecei a chorar, e Alberta, irritada, disse: "Está chorando por quê? Homens não choram". "O quê?" "Não sabia?" "Bem, sabia que antigamente se dizia isso, mas agora se considera que..." "Quem considera?" "Não sei, não sei." "Você não sabe nada." "Não, não sei nada." Então fui embora e lá fora afundei.

* * *

Percebo que estou me esforçando demais para entender e ser entendido e isso está gerando confusão, e, ainda mais perigoso, atraindo a atenção do feitiço. Não quero entender nada, quero contar o que aconteceu quando entendi que estava enfeitiçado. Aconteceu tudo isso que eu disse, e seguiram acontecendo mais coisas. E elas seguem acontecendo. E seguirão acontecendo. Porque, e isso sei agora, perceber que estamos enfeitiçados é só isso e nada mais, não acontece nada depois, no sentido de que nada se resolve. Na realidade, e acabo de entender isso, é o contrário: você fica enfeitiçado a partir do momento em que percebe estar enfeitiçado. Nesse sentido, é como se você mesmo se enfeitiçasse. Ah, se eu tivesse entendido isso antes! Poderia ter evitado a penúria. Porque meu desejo de mandar o feitiço embora me levou a ficar à mercê de muitas pessoas que jogaram comigo um jogo que eu mesmo propus. Como Alberta, por exemplo.

* * *

Mas o que acabo de dizer é bem discutível, porque, se entender que está enfeitiçado fosse o mesmo que enfeitiçar a si mesmo, então poderíamos dizer que o feitiço é algo mental que nós mesmos produzimos. Eu não acredito nisso. Mas é como se o feitiço começasse a agir no momento em que reconhecemos que estamos enfeitiçados. O feitiço estava agindo antes? Sim, sem dúvida. E o que fazia? O mesmo que fez depois: impedia-me de fazer coisas. Evidentemente eu mesmo me confundo, ou me confundem as palavras que uso. Vou tentar ser claro: eu estava enfeitiçado e sofria, mas não sabia que estava enfeitiçado; em dado momento, entendi que estava enfeitiçado e decidi me livrar do feitiço; livrar-me do feitiço me causou problemas piores que os de antes; além disso, não era possível me livrar do feitiço, e eu não sabia, e nesse sentido fui enganado e me submeti a muito sofrimento inútil; agora entendo que o ideal teria sido agir de um modo que o feitiço fosse incapaz de identificar como ações. Parece-me evidente, agora, que o feitiço está agindo. Neste instante. De alguma maneira, percebeu que estou fazendo alguma coisa à qual se opõe. Mas quero continuar contando o que aconteceu comigo, porque quero prestar um serviço com minha escrita e porque – e isso foi uma surpresa – escrevendo eu entendo coisas que antes não tinha entendido – e assim o serviço que presto é mais potente.

* * *

"Potente" é uma palavra de que não gosto, mas que confunde o feitiço. Gosto menos ainda de "serviço", mas confunde mais ainda. Muitas vezes penso, porém, que o feitiço tem razão ao me impedir de fazer coisas, que ele identifica os problemas muito antes que eu e, não fosse por ele, eu teria feito coisas das quais me arrependeria. Como se o feitiço me impedisse de percorrer uma rua e, no dia seguinte, eu ficasse sabendo que naquela rua, na hora em que eu teria passado, um edifício desabara sobre os transeuntes. Então poderia pensar que o feitiço está muito ciente de que estou fazendo isso, mas me impede de fazê-lo de formas horríveis – que poderiam me parecer muito interessantes, mas não são, ou não serão daqui a alguns anos, ou daqui a muitos anos, quando forem desmascaradas. Talvez estar enfeitiçado seja uma salvação que, como toda salvação, pressupõe certo padecimento. Talvez todos estejamos enfeitiçados, mas nem todos tenhamos a sorte de descobrir isso. Talvez descobrir seja má sorte. Não sei nada, como disse Alberta. Talvez a confusão seja um presente. Talvez viver desnorteado seja uma benção. Esses "talvez" também são horríveis, mas são a melhor forma que chegou a mim neste momento e preciso aceitá-la. Eu não quero pensar em nada, não quero corrigir nada, não quero me arrepender, não quero nada além de fazer o que me der na telha a cada momento. Desculpa se isso soa ingênuo, mas de qualquer modo não acho que ninguém esteja disposto a me questionar que se trata de um desejo universal. Aqui posso realizá-lo graças ao feitiço, que não me deixa escolher nada ou me obriga a evitar coisas que não deveria fazer.

* * *

Então eu estava em frente à porta da casa de Alberta e chorava e chorava afundado em um poço muito sombrio. Não pensava em nada, só chorava. Era um dia ensolarado, os pássaros cantavam. Ou era noite, e cantavam os grilos e as rãs? Ao lado da casa de Alberta há uma pastagem, uma espécie de terreno baldio. Não contei antes, mas no dia em que fui lá pela primeira vez com Camila, pela manhã, vários garotos caçavam borboletas com redes improvisadas: uma taquara, um arame e uma sacola plástica com pequenos buraquinhos. Vi uma garotinha fazendo uma, era assim: a garotinha pegava um arame comprido; moldava na forma de um aro a metade, e depois passava esse aro pelas bordas do saco (furando as bordas); depois fechava o aro e enroscava o arame, de modo a criar um círculo com a sacola enganchada, de onde saía um arame reto; enroscava esse arame reto em uma extremidade da vara; depois fazia mais alguma coisa para que a parte enroscada ficasse fixa na vara; por fim, fazia pequenos buraquinhos na sacola para ela não sacolejar à toa. Sacola-sacolejo: gosto disso, funciona. Era noite quando saí da casa de Alberta, agora me lembro. Cantavam os grilos e as rãs do terreno baldio, que além de tudo estava muito escuro, preto. Talvez por isso telefonei para Luz, para me queixar de Alberta, mas Luz não atendeu. Entrei no terreno baldio e caminhei um pouco; caminhava e abria e fechava os olhos e nada mudava, porque estava realmente muito escuro: nem minha posição, nem as coisas que eu via. Minha posição mudava, na verdade, mas eu não conseguia perceber pela visão, nem por nenhum outro sentido, porque tudo era igual. Até que, após alguns minutos, deixou de ser igual: minha perna esquerda entrou em um poço e eu caí; levantei-me em seguida, mas sentindo muita dor, e além disso havia sujado de barro um braço, a perna e metade da cabeça, inclusive o cabelo – todo o meu lado esquerdo. Saí do terreno baldio mancando. Pensei em tocar a campainha de Alberta, mas imaginei que ela riria de mim e bateria a porta na minha cara. Fiquei parado durante um minuto, prostrado, sem saber o que fazer, até que Alberta abriu a porta com um saco de lixo na mão. A porta estava conectada a um holofote que ligava toda vez que alguém a abria, e esse holofote me iluminou por inteiro, como em um teatro ou um circo. Alberta me olhou feio no começo; depois viu o barro e perguntou o que tinha acontecido, e depois viu – e eu vi ao mesmo tempo – que minhas calças estavam muito ensanguentadas. "O que aconteceu com você?", perguntou um pouco preocupada, o que me levou a choramingar de novo. "Você é palerma demais", disse. "Posso entrar?", perguntei. "Sim, vamos, entre", ela disse.

    Entramos. "Espere, não sente no sofá, vai sujar tudo", me disse. Trouxe uma manta, estendeu no chão e pediu que eu me deitasse ali. "Está doendo?", perguntou. "Sim, bastante." "O que aconteceu?" Contei e ela começou a rir. Olhou minha perna com atenção. "A calça rasgou." "Ah, sim." "Vamos ver, tire." "Tentei, mas não consegui." "Não dá pra acreditar", disse ela, e arregaçou as mangas e tirou minha calça com cara de cansaço, mas em seguida mudou de expressão, porque um talho imenso e profundo atravessava minha coxa. "Você é inacreditável", me disse. Enrolou minha perna em uma toalha e chamou uma ambulância. A ambulância chegou muito rápido porque, segundo o enfermeiro, estavam pela região; não conversamos enquanto esperávamos, porque fechei os olhos e Alberta ficou fazendo sei lá o quê.

* * *

Fui atendido na emergência do hospital mais próximo; me deram doze pontos na perna e um calmante para as dores no resto do corpo. Fui costurado por médicos residentes que passaram o tempo todo fazendo piadas sobre como estava ficando. Depois adormeci na maca. Mais tarde uma enfermeira veio perguntar como eu estava me sentindo. Estava me sentindo bem, e disse isso. "Vejamos, fique de pé", ela disse. Fiquei de pé e... Não quero dar voltas recriando uma cena tão tediosa, e além do mais não gosto de recriar. Basta dizer que não conseguia andar e, portanto, não podia ir embora sozinho do hospital e, portanto, tinha que pensar em alguém para me buscar. Não queria telefonar para Luz, não sentia tanta confiança; tampouco para Camila, porque seria abusar de seus sentimentos por mim; então pensei em meu amigo Miguel, o escritor de literatura gauchesca que eu tinha encontrado alguns dias atrás. Não disse nada antes, mas meus pais moram em outro estado e meus irmãos, em países distantes. Comentei que, ao abandonar minha profissão, abandonei meus amigos e amigas. Miguel, como já disse, era um amigo do ensino médio, o único remanescente; nos víamos uma ou duas vezes por ano e falávamos besteiras, mas tínhamos carinho um pelo outro. "O que houve?", perguntou com voz de sono quando liguei para ele. Então conferi o horário em um relógio de parede: três e meia da manhã. "Desculpa, desculpa", eu disse. Também não quero dar voltas recriando isso: no fim Miguel foi me buscar; dois enfermeiros me levaram na cadeira de rodas até o carro e me colocaram no assento com muito cuidado enquanto explicavam a Miguel como fazer para me tirar dali e os movimentos que não podia fazer.

Miguel ofereceu me levar para sua casa, porque a mulher e a filha estavam de férias na casa dos seus sogros. Aceitei alegremente. Todos estavam cuidando de mim. Até Alberta havia cuidado de mim à sua maneira. Isso porque eu tinha me abandonado na escuridão. Quando nos abandonamos, cuidam da gente, porque nosso poder sobre nós mesmos cessa, ao menos em um determinado aspecto; se não nos abandonamos, podemos cuidar dos outros, pois isso mostra que temos um poder dominante; existem, é claro, outras opções intermediárias. Miguel não se abandonava nunca porque o cavalo encilhado em que estava montado não deixava, e por isso podia cuidar de mim, que havia me abandonado totalmente, como nunca antes em minha vida.

* * *

Passei uma semana na casa de Miguel. Ele se encarregou de me dar analgésicos e de limpar meu ferimento; também me ajudou a dar meus primeiros passos após o batismo sombrio. Melhorei bem depressa, também não era para tanto. E acabo de me dar conta, agora, de que estava em um poço escuro quando saí da casa de Alberta e então caí em um poço escuro, de modo que poderia dizer que saí do poço escuro ao mergulhar em um poço escuro. Também seria possível dizer que me curei momentaneamente tornando literal uma metáfora. Trata-se, sem dúvida, de um procedimento mágico, e por isso eu poderia dizer que naquele momento fui o meu próprio bruxo. Depois poderia dizer, seguindo minha proposta de ser útil: ao percebermos que estamos enfeitiçados, devemos nos transformar em bruxos para nos salvar do feitiço. Um procedimento muito mais simples teria sido deixar de fazer coisas, já que meu feitiço me impedia de fazer coisas. Ou seja, não fazer nada, absolutamente nada, nem comer, nada: abandonar-me totalmente. Agora penso que poderia ter dado certo. Mas não fiz isso, fiz essas coisas todas que estou contando.

Seria uma lástima se alguém pensasse que estou inventando o que conto. Não estou inventando. Tudo isso aconteceu, todas essas pessoas existem fora deste texto e se verão representadas aqui. Seria possível aplicar o estimado rótulo de "baseado em fatos reais", mas é muito problemático, porque, para começar, não sei qual seria a contribuição da palavra "baseado", já que não existe nada que não seja *baseado* em outra coisa, e isso torna a ideia de "fatos" ainda mais problemática, porque não sabemos o que é e o que não é um fato e porque tudo o que é surge em um momento *fatídico*, e se chegarmos aos "reais" só nos resta chorar. Assim, o estimado rótulo serve apenas para confundir, e por isso não se aplicará a este caso. É verdade que algumas coisas parecem falsas, como a história do poço duplo, mas, justamente, eu jamais inventaria uma coisa dessas, e além disso, se pensarmos um pouco, é a coisa mais normal do mundo que os fatos ocorram dessa maneira. "A coisa mais normal do mundo" é uma frase horrível que me liberta do feitiço. A coisa mais normal do mundo me aconteceu muitas vezes, e imagino que a vocês também. Vocês! A libertação não tem limites.

* * *

A libertação não tem limites. Quero dizer que, para me libertar do feitiço, seria preciso conseguir fazer o necessário. Claro que "o necessário" sempre tem limites, de modo que deveríamos precisar de coisas que estejam dentro desses limites. A libertação não tem limites, mas as coisas sim, porque decorrem de *fatos*. O que está além dos limites? A morte, por exemplo. E tudo o que somos incapazes de fazer. Se as coisas que precisamos fazer estão além desses limites, elas deixam de ser "o necessário" para se tornarem outro tipo de coisa. Mas dentro dos limites sempre podemos encontrar o que precisamos fazer, e o que fizermos poderá nos levar além dos limites, ou seja, além do necessário. A ideia – ou o conselho – seria: procure o que você precisa fazer dentro do "necessário", que é um lugar enorme e cheio de coisas; e, se identificar que o que precisa fazer está além do "necessário", procure dentro do "necessário" algo parecido: só assim você poderá ultrapassar os limites do "necessário". Faz sentido? Não sei. Deveria acrescentar: o que queremos fazer sempre está além do "necessário" – voar, por exemplo, ou ser imortal –, mas no "necessário" sempre há um bom substituto que se transforma no que realmente queríamos. Porque, e esse é o problema, a libertação é abstrata e as coisas, concretas. Poderia especificar: você só estará curado quando encontrar no "necessário" algo que te leve para além dos limites do necessário (onde aparecerá um "novo necessário"); se ainda não encontrou, continue procurando. A segunda pessoa é uma coisa horrorosa que me envergonha, mas digo isso a mim mesmo, não a vocês. Embora também a vocês, por que não, se o que eu quero é ser útil? Aceito a vergonha como um problema meu, não da coisa (segunda pessoa). Além disso, é parte da escolha popular: o povo escolheu a segunda pessoa do discurso, e eu, que sou parte do povo em todos os sentidos possíveis, aceito o que foi escolhido – o que escolhemos – e dou a ela uma oportunidade e dou a mim uma oportunidade etc.

    Mas não é preciso se desesperar nem perder totalmente o controle. Agora mesmo, por exemplo, vejo o que acabo de escrever e percebo que, embora talvez não se note, é uma escrita desesperada. E estava assim, de novo, pouco tempo depois de abandonar a casa de Miguel: desesperado de um jeito que não dava para notar. E se não dava para notar, ninguém ia se preocupar. Na realidade, estava pior que antes, mas parecia melhor, e então me dei conta de que devia fazer algo urgente, algo forte, mas dentro do "necessário", porque, embora nesse momento ainda não tivesse pensado nessas coisas, sabia, sem conseguir formular nesses termos, que precisava ampliar o "necessário" para encontrar novos limites, ou seja, para escapar do necessário. E que não devia fazê-lo eu mesmo, porque, embora não tivesse me dado conta naquele momento da coincidência poço-poço, intuía que tinha feito algo novo ao cair no poço, algo que não deveria repetir. De fato, agora penso que o que fiz não foi me curar, mas intensificar meu problema tornando literal uma metáfora.

    É aqui que as decisões que eu intuía problemáticas se revelam problemáticas, ou ao menos uma delas: ter chamado minha amiga de "Luz". Porque, do fundo do poço escuro – não o real, mas o metafórico –, liguei para Luz. Parece uma piada, mas a literatura religiosa, por exemplo, está cheia de coisas assim. E a autoajuda também, claro, em que todas as metáforas são transparentes: uma armadura enferrujada, um queijo roído etc. Mas o problema é que recai peso demais sobre Luz, e justamente neste momento Luz não podia me ajudar, porque estava concentrada em seus próprios problemas, ou, melhor dizendo, ansiosa por causa de seus próprios problemas. Ou, na verdade, ansiosa para solucionar seus problemas. Estava prestes a dar um passo desejado e isso a assustava. Desde muito jovem, recém-saída do ensino médio, Luz trabalhava como secretária em um escritório de advocacia; isso lhe permitira morar sozinha, fazer suas coisas etc., mas ao mesmo tempo mantivera seus poderes astrológicos um pouco afastados do âmbito profissional. Detestava seu trabalho, mas dizia que graças a ele podia manter sua maior paixão a salvo das obrigações laborais. Na realidade, seu maior desejo era se dedicar apenas a essa paixão, a astrologia, mas tinha medo, pois como começar? Quando telefonei para ela, havia acontecido uma coisa quase milagrosa e que dera início a uma crise: um bruxo de Cancún chamado Travieso Portento, de algum modo ciente de seu talento especial, encomendara diversos serviços e prometera fazer isso de novo. As encomendas demandavam muito tempo de Luz, de modo que, entre a rotina diária no escritório de advocacia e os trabalhos astrológicos para Travieso Portento, restavam-lhe apenas quatro horas para dormir; assim, percebia que precisava tomar a decisão que naturalmente a levaria a largar o trabalho no escritório de advocacia, mas não conseguia porque não sabia se devia levar a sério a promessa de Travieso Portento de serviços futuros. Eu disse a Luz: "Você precisa dizer que vai largar seu trabalho se ele garantir alguma regularidade". "Me disse que vai me dar os horóscopos diários." "Bem, peça que ele dê logo para você largar o trabalho." "É, né?"

Luz estava ansiosa e cega: não conseguia enxergar nada de nenhuma situação, nem própria, nem alheia. Assim, quando contei como estava mal, pouco entendeu do que eu estava dizendo e, por outro lado, continuou fazendo perguntas sobre seu problema. "O que digo a ele?" "Diga: Travieso Portento, para fazer o trabalho que você pede eu precisaria largar meu trabalho no escritório de advocacia, mas antes preciso saber se você fará encomendas regulares." "E se ele interpretar mal?" "Como vai interpretar mal?" "Bem, vou escrever isso que você disse... como era mesmo?" Ditei a ela o que eu havia dito. "Mando?" "Mande." "Certeza?" "Certeza." Hesitou mais um pouco e mandou. Em seguida, calma de repente, me disse: "Quanto a você: se está enfeitiçado e o feitiço te impede de fazer coisas, a única opção é mudar de vida". "Mudar de vida?" "Sim, mudar de vida, adotar uma vida que o feitiço não entenda." Fiquei calado por alguns segundos, e ela me disse que precisava continuar trabalhando, mas poderíamos nos ver depois que ela saísse do escritório de advocacia.

* * *

Assim, ingressei em uma nova fase de minha epopeia de libertação pessoal. Mudar de vida parece impossível, mas é a coisa mais fácil que existe. Uma vez, quando era muito jovem, fui visitar minha avó, que estava prostrada na cama, senil e em seus últimos dias. "Oi, vó", eu disse. "Oi", me respondeu, meio perdida, e olhou para as minhas mãos com asco. "Quero que você largue esse trabalho horrível", me disse. "Que trabalho, vó?" "Esse de surrar pessoas." "Eu não faço isso." "Chega, não minta. É um trabalho muito feio e não é pra você." Eu disse que ela estava se confundindo, conversamos um pouco mais de alguma outra coisa e me despedi. Dois dias depois eu voltei e ela me pediu a mesma coisa. Dessa vez decidi não discutir: "Não vou mais fazer, vó". "Não acredito em você." "Não, sério, foi só porque precisava de dinheiro." "Qualquer dia é você quem vai apanhar." "Pode acontecer." "Vai acontecer." "Bem, mas não vou mais fazer, sério." "Não acredito." De um momento para outro, graças à invenção de minha avó, tinha surgido uma proposta de mudança de vida. O difícil não é mudar e sim inventar. Depois que a nova vida já foi inventada, passar de uma para outra é muito fácil. Inventada não no sentido de esboçada, mas no mesmo sentido em que um inventor diz "essa é a minha invenção", e mostra uma coisa que antes não existia. Embora talvez eu nunca tenha sido policial nem tenha me dedicado a surrar pessoas, o episódio com os seguranças da discoteca é quase verdade, embora não tenha sido tão espetacular. É verdade que quis entrar e não me deixaram; também quis entrar à força e tentaram me empurrar e eu, habilmente, desviei do empurrão de tal maneira que o segurança quase caiu no chão; também é verdade que os outros dois seguranças riram do primeiro. Mas acaba aí: em seguida Alberta saiu e fomos embora; e o segurança, como bom profissional, conteve sua fúria. O que quero dizer é que minha avó, olhando minhas mãos, propôs-me um ofício que era uma mudança de vida. Mas não é um bom exemplo.

* * *

Não mencionei antes que, durante aqueles dias, Camila me escrevia e eu respondia. O que dizíamos um ao outro? Contei a história da queda no poço, ela me disse "coitado". Depois dissemos que precisávamos nos ver assim que eu melhorasse. Mas quando melhorei comecei a evitá-la. Por que a evitava?

Já falei sobre isso, não quero ser repetitivo. O que posso dizer agora é que eu queria mudar de vida, e percebia que ver Camila não seria isso, mas outra coisa. Seria mudar de vida, mas para algo que já existia, porque assim tinha sido o anúncio: formarão um lindo casal. E eu precisava inventar algo novo no âmbito do necessário para que surgissem novos limites. Se tudo o que eu era incapaz de fazer era externo ao necessário, dentro do necessário ficava tudo o que era capaz de fazer. O que eu era capaz de fazer? Era capaz de fazer muitas coisas, como todo mundo. Muitas coisas que nunca tinha feito e muitas coisas que já tinha feito. Ser policial, surrar gente por dinheiro... Essas coisas eu não podia voltar a fazer porque já estavam, para mim, além do "necessário".

CAPÍTULO 2

Meu relato havia chegado até aqui quando a polícia viera me buscar. Claro que não eram policiais de verdade, mas uma subdivisão literária de algum tipo de entidade policial. Também não era uma entidade policial, mas algo que eu pude reconhecer como algo que conhecia. E embora não tenham ido me buscar, de todo modo posso contar o que aconteceu. Me levaram e também levaram o computador em que estava escrevendo; me mantiveram trancafiado por algumas horas enquanto liam todo o escrito acima e depois me conduziram a uma sala para me interrogar. Eram duas pessoas: um homem e uma mulher. Não me disseram seus nomes, mas vou chamá-los de... Mario e Pamela. Entre minhas roupas, antecipando-me ao que poderia acontecer, eu tinha escondido um pequeno gravador, e por isso o que vou escrever não é nada mais que uma transcrição. Como não viram, Mario e Pamela! Ou talvez viram e justamente... Porque agora me sinto obrigado a transcrever algo de que não gosto, já que o que aconteceu é parte do que estou fazendo. Foram duas sessões com eles e depois mais duas, e vou transcrevê-las em ordem. Mas antes, um esclarecimento: Mario e Pamela tinham a voz muito parecida, e na gravação é difícil identificar quem está falando, então decidi sobrepor os dois, já que não eram muito diferentes um do outro sequer no que diziam – muito menos fisicamente.

Primeira sessão
MeP: Vamos falar de algumas coisas.
Eu: Não quero falar de nada.
MeP: Vai ter que falar.
Eu: Não quero.
MeP: Não tem opção. Aceite.
Eu: Não tenho opção?
MeP: Não. Que opção teria?
Eu: ...
MeP: Muito bem. O que é isso que você está escrevendo?
Eu: ...
MeP: O que é isso que você está escrevendo?
Eu: Um romance, suponho.
MeP: Supõe?
Eu: Não sei o que mais poderia ser.
MeP: Ah, é por eliminação?
Eu: Bem, comecei a contar o que aconteceu comigo e...
MeP: Achamos bem ruim o material que lemos, como você diz, mas além disso várias coisas nos chamaram a atenção. Comecemos por uma delas.
Eu: Antes quero esclarecer que...
MeP: Não, nós fazemos as perguntas. A primeira pergunta é sobre esse prazer em escrever algo ruim e depois falar disso.
Eu: Isso que queria esclarecer: eu não diria "ruim", diria "desastre", que é outra coisa.
MeP: Bem...

Eu: Também não falaria em "prazer".
MeP: Está bem, está bem... Se vai ser uma discussão terminológica...
Eu: Não consigo explicar melhor do que... Qual é a pergunta?
MeP: A pergunta é: por quê?
Eu: Há muito tempo sinto o impulso de escrever algo extenso, mas não conseguia porque não percebia que meu desejo era escrever algo que fosse um desastre.
MeP: Para quê?
Eu: Uma vez li isso numa carta de Heinrich von Kleist: "Dessa vez seguirei meu coração por completo, aonde quer que ele me leve, e descartarei totalmente qualquer consideração que não seja a de minhas mais próprias e íntimas satisfações".
MeP: Romantismo narcisista... O que isso tem a ver com o desastre?
Eu: Se sigo meu coração, perco o controle e me abandono, e ao me abandonar avanço em direção ao desastre.
MeP: Não entendemos o que o desastre tem a ver com isso.
Eu: Bem, sim, está bem... Na realidade o que me interessa não é o desastre, mas o que está à beira do desastre.
MeP: Mas estar à beira do desastre sem cair exige bastante controle.
Eu: Sim, é verdade... Quero as duas coisas.
MeP: Querer duas coisas já é um problema. Precisa escolher.
Eu: Não quero escolher.
MeP: Tem que escolher.
Eu: Querer as duas coisas me deixa desnorteado e gosto disso.

MeP: Fica desnorteado por não escolher?
Eu: Não, fico desnorteado com a existência das duas coisas.
MeP: E por que quer ficar desnorteado?
Eu: Acho que minha fantasia é que o leitor também fique desnorteado e, assim, seja revelada a ele a possibilidade de gostar de um texto, mas não pelo texto e sim por outra coisa.
MeP: Outra coisa?
Eu: Que se interesse pelo que o texto pode demonstrar.
MeP: Demonstrar?
Eu: Não, não, não demonstrar... Sugerir, provocar para além do texto.
MeP: Não te interessa o texto.
Eu: O texto é a única coisa que me interessa.
MeP: Não dá para entender o que você diz.
Eu: Não, eu também não entendo.
MeP: Vamos tentar te ajudar, esse é o nosso intuito.
Eu: Não sei se ainda quero entender.
MeP: Vamos ajudar mesmo assim. Seria um texto ruim que...
Eu: Não, ruim não. Mas tudo bem, como quiserem: seria ruim e bom ao mesmo tempo.
MeP: Que ambicioso! Vamos deixar esse assunto de lado por enquanto. Nos preocupam mais outras coisas que você diz; por exemplo, isso: "agora poderia falar politicamente sobre as bruxas e justificá-las, ou mesmo sobre qualquer coisa que fosse uma injustiça ou um problema de nosso tempo, o 'nosso' tempo, o nosso 'tempo', e assim propiciar a todos, ou 'todos', um ponto de ancoragem e comentários, uma justificativa e um guia, uma desculpa".

Eu: Ah, isso...
MeP: Sim. Gostaríamos que você nos explicasse um pouco...
Eu: É para não espantar os fantasmas.
MeP: Não se faça de bobo. Ou não nos tome por bobos. Sabemos o que você está dizendo. E sabemos que esses fantasmas são uma fantasia...
Eu: Mas eu acredito neles.
MeP: Não, são apenas uma desculpa para desprezar o que chama de "problemas de nosso tempo" e "pontos de ancoragem".
Eu: Acho que os fantasmas encarnam a intensidade, que é o que eu procuro.
MeP: Despreza os problemas.
Eu: Não desprezo os problemas, pelo contrário, mas sinto que, se eu os abordar diretamente, os problemas vão se esconder, e só vão dar as caras quando eu não estiver prestando atenção neles. E quero que deem as caras. Por isso também evito os pontos de ancoragem.
MeP: "Pontos de ancoragem" é uma formulação um pouco estúpida.
Eu: Sim, pode ser... Acho que a ideia é um pouco essa.
MeP: E "problemas de nosso tempo"?
Eu: Sim, mesma coisa. Mas esse não é o ponto.
MeP: É o ponto, sim: você ridiculariza as propostas e ao mesmo tempo ridiculariza a si mesmo.
Eu: Não me incomodo em ridicularizar a mim mesmo se...
MeP: O que nos incomoda é você ridicularizar as propostas.
Eu: Que propostas?
MeP: Tratar diretamente certos problemas de nosso tempo

e/ou falar de algo tangível ou de você mesmo: essas são as duas linhas que estão sendo propostas neste momento histórico.

Eu: Eu trato dos problemas de nosso tempo!

MeP: Não da forma a que se propõe...

Eu: E falo de mim mesmo!

MeP: Você sabe muito bem a que nos referimos: contar algo que te aconteceu.

Eu: É isso o que estou tentando fazer.

MeP: Deveria ser mais pessoal.

Eu: É *muito* pessoal, mas ainda não sei o que vocês entendem por "pessoal".

MeP: Mais uma vez a discussão terminológica... Você é o personagem?

Eu: Diria que sim, estou contando o que aconteceu comigo.

MeP: Para nós é repugnante.

Eu: Para mim também, acho.

MeP: Acho?

Eu: Ao mesmo tempo me desperta certo afeto.

MeP: Afeto por você mesmo...

Eu: É que não sou eu, né?

MeP: Se você não sabe...

Eu: Não, não consigo entender. Mas quero dizer que vocês também são repugnantes para mim.

MeP: Ooohhh... Mas só queremos te ajudar.

Eu: ...

MeP: Então os problemas de nosso tempo te entediam?

Eu: Quê? Eu não disse isso.

MeP: Te entediam.

Eu: Não, não me entediam, adoraria que surgissem enquanto escrevo para ver quais são.

MeP: Não, não: nos referimos a tratar dos problemas que a sociedade reconhece como problemas.

Eu: Ah, bom, sim.

MeP: Sim o quê?

Eu: Me envolvo bastante.

MeP: E se envolve como?

Eu: Leio, penso, discuto com pessoas, falo disso quando falo de coisas... Tento agir em função do que leio e penso e falo. Mas agora que comecei a escrever...

MeP: ... *agora que comecei a escrever*...

Eu: ... *agora que comecei a escrever* o que penso não existe como um pensamento, como uma coisa que se possa usar, mas sim como algo que me impele em uma direção.

MeP: Qual direção?

Eu: Uma direção... para um lugar onde posso ver o que penso.

MeP: Isso é bobagem.

Eu: Sim, pode ser, mas eu acredito em bobagens. E não quero me ancorar em nada quando escrevo porque quero escrever abandonado, e não quero que os leitores se ancorem em nada, porque quero que fiquem abandonados como eu fico. Quero que estejamos todos flutuando.

MeP: Voltamos aos fantasmas...

Eu: Sim.

MeP: É tudo circular...

Eu: Pode ser... Quero dizer que prefiro intuir e descobrir problemas, não descrevê-los ou poetizá-los, e muito menos explorá-los em meu favor. Eu gostaria que... bem... que ler ou escrever fosse uma experiência libertadora.

MeP: Libertadora dos problemas... Alienação!

Eu: Não, não, libertadora para alcançar os problemas. Sempre me vem à mente um lema: tudo o que nos beneficia é suspeito.

MeP: O quê?!

Eu: Ou assim: tudo o que se apresenta como vantajoso é suspeito.

MeP: Nos vem à mente outro lema: tudo o que você diz é besteira e nos desagrada.

Eu: Isso não é um lema.

MeP: Para nós é.

Eu: Eu também não gosto do que digo. Mas gosto menos ainda do que vocês dizem e do que representam.

MeP: O que nós representamos?

Eu: Se os senhores não sabem...

MeP: Basta, por hoje chega. Levem-no!

* * *

A primeira sessão foi assim, um pouco circular, como disseram Mario e Pamela. Não quero ser tedioso. Eu ainda não estava assustado, como se vê em minhas respostas, e eles foram bastante simpáticos. Depois a coisa mudou. Também não quero me fazer de vítima, mas a comida era intragável, cheia de insetos e larvas, e o guarda passava o tempo inteiro ouvindo uma música horrível, ou às vezes não horrível, mas em volume muito alto, e falando ao telefone com seus amigos. Dizia coisas como "lindíssima aquela baixinha de ontem, era um dez ou um nove" ou "que dia de bosta". Eu estava sozinho em minha cela, e não sei se havia alguém nas celas adjacentes, porque bati nas paredes várias vezes e não obtive resposta. "Não obtive resposta" também é horrível. Passei dois dias assim até que me chamaram de novo.

Segunda sessão
MeP: Temos mais perguntas.
Eu: Não sei se quero...
MeP: Não importa. A primeira é: por que, como você diz, abandonar-se para escrever algo que sabe que é ruim, ou um desastre, como prefere dizer, e gosta disso, de perder o poder sobre o que faz?
Eu: De novo isso?
MeP: Sim.
Eu: Bom... Pensei um pouco melhor. O que quero é tangenciar o desastre. Quero realizar algo a que não me propus diretamente, algo sem intenção, mas amparado por uma intenção anterior que é uma direção. Além disso...
MeP: Haha, menos mal que você pensou melhor. Você não está dizendo nada com nada.
Eu: Bem, vocês têm razão.
MeP: Temos razão?
Eu: Hmm... não.
MeP: Ah! Também queremos falar disso, da ambiguidade permanente. Que história é essa das coisas que são e não são? Ruim e bom, controle e abandono...
Eu: É isso: acho que com isso poderia chegar a lugares novos, entrechocando uma coisa com outra.

MeP: Está bem, está bem... E nós somos e não somos?
Eu: Vocês não existem.
MeP: Para nós, existimos, sim.
Eu: Eu também não existo.
MeP: ...
Eu: Ou... bem... claro que neste momento existimos, sim.
MeP: Sua forma de pensar é insuportável para nós.
Eu: A de vocês também é para mim. Mas se vocês não existissem...
MeP: Claro! Você não saberia o que fazer.
Eu: Não saberia o que fazer?
MeP: Não, não saberia o que fazer, por isso tem que nos inventar.
Eu: Mas vocês existem.
MeP: Claro, já sabemos que existimos.
Eu: Estão em mim e contra mim.
MeP: Haha, que frase!
Eu: ...
MeP: Só queremos te ajudar a entender o que está fazendo.
Eu: O problema é que não quero entender neste momento.
MeP: Você é um elitista.
Eu: Quêêêêê!? Como chegaram nisso?
MeP: Pensando o que você não quer pensar.
Eu: Eu não sou elitista, sou antes um populista.
MeP: Também não gostamos disso. Mas não, você é elitista, e fala em "escolha do povo" e debocha e conversa com o leitor, algo que neste momento não está entre as propostas, então é um deboche.
Eu: Eu não debocho, pelo contrário, quero falar diretamente.

MeP: Não, debocha, e além disso se recusa a tratar de temas importantes para "o povo", como você chama.
Eu: O povo não pediu para escreverem sobre *temas* nem sobre nada, portanto os elitistas são vocês. E, além disso, qual seria a proposta? Esses livros infantis que ensinam a não fazer xixi ou a tolerar a chegada de um irmãozinho?
MeP: Infantil é você. Esses livros são úteis.
Eu: Que horror...
MeP: Que horror, sim.
Eu: Esses livros são inúteis.
MeP: E o seu é útil?
Eu: Não sei. Direi da seguinte maneira: existem problemas, corremos perigo, precisamos buscar uma solução e não acho que seja essa que vocês me propõem.
MeP: ...
Eu: De qualquer modo... a verdade é que... quero dizer... também acho que talvez vocês estejam certos.
MeP: Ah, é?
Eu: Sim, quer dizer... pode ser, eu gosto de muitas coisas quando leio. Mas não consigo fazer isso, porque agora percebo que não acredito muito no sentido, então tenho que buscar minha própria solução.
MeP: Ah, você quer escrever algo sem sentido.
Eu: Não, não. Quero que surja um sentido. Mas não posso partir de um sentido... Quero chegar ao sentido depois de não ter havido sentido.
MeP: Você é pretensioso.
Eu: Mas não é isso que acontece quando gostamos de um livro?

MeP: Não, mas de qualquer modo o que você está fazendo nem sequer é isso, mas apenas uma confusão de coisas, uma soma de elementos dispersos, uma besteira.

Eu: Bom, melhor assim, quero fazer uma besteira. Mas vocês também são pretensiosos.

MeP: Pretensiosos?

Eu: Não, ambiciosos, porque na verdade o que lhes interessa não são os temas.

MeP: Ah, não?

Eu: Não. Tanto faz o tema, o que lhes interessa é restringir o espaço de ação.

MeP: Não queremos restringir nada, temos receio de que você faça bobagens.

Eu: Quero fazer bobagens.

MeP: Não queremos que você faça.

Eu: Então estão limitando, trabalham contra a solução.

MeP: Você se limita quando faz besteiras.

Eu: Bem, está bem... Vou escrever sobre os caldeus.

MeP: Ninguém tem interesse nos caldeus.

Eu: Bem... Sobre a velhice?

MeP: Você não é velho, o que vai saber sobre isso?

Eu: Mas então... Bem, sobre Matisse.

MeP: Você só disse Matisse porque rima com velhice. É um cínico.

Eu: Vocês são cínicos!

MeP: E o que você quer fazer é inútil.

Eu: Não sei o que quero fazer. Mas mesmo assim, o inútil se entrechoca com o útil para...

MeP: Ah, podia ter começado por aí... Arte pela arte! Um

defensor da literatura!

Eu: Por mim, a literatura que desapareça.

MeP: Ah é?

Eu: Não sei o que é a literatura, mas não vou defendê-la.

MeP: O politicamente incorreto!

Eu: Não, isso não me interessa.

MeP: Não dá para entender nada. Defende o inútil, mas...

Eu: Não, não defendo nada. Só quero que me deixem em paz.

MeP: Deixá-lo em paz para fazer coisas inúteis?

Eu: Para ficar enjoado e trabalhar com o irracional. É a coisa mais útil que posso fazer.

MeP: Bem, mas se...

Eu: Kafka disse: "Vou tratar do flagelo da burocracia".

MeP: Não disse isso.

Eu: Não, claro que não. O sentido vem depois.

MeP: E às vezes não vem.

Eu: É um risco. Ou um prêmio.

MeP: Além do mais, Kafka era um gênio.

Eu: Que resposta posso dar a isso?

MeP: Nenhuma.

Eu: Mas queria responder alguma coisa.

MeP: Vá em frente.

Eu: Acho que o mais útil que posso fazer é seguir meus impulsos e ver o que acontece.

MeP: Já tinha dito isso. Útil para quê?

Eu: Não, esse é um termo de vocês. Melhor dizendo, é a única coisa que tenho o direito de fazer.

MeP: Direito?!

Eu: Não, obrigação.
MeP: Obrigação?!
Eu: Não, não, também não. Não existe o termo.
MeP: Tudo o que você diz é problemático...
Eu: Pode ser, sim. O enfoque inteiro é problemático.
MeP: Ah, é?
Eu: Sim, o meu, o de vocês, tudo.
MeP: Ufff. Não entendo por que perdemos tempo com você.
Eu: Eu não entendo porque perco tempo com vocês. Burgueses!
MeP: Como é que é?! Perdeu a cabeça?! Levem-no!

* * *

Me deixaram duas horas no calabouço e me chamaram outra vez. Mas, quando cheguei, vi que não eram os mesmos de antes. Eram outros dois, muito parecidos, porém mais loiros, e de alguma forma davam a impressão de serem mais perigosos. Vou chamá-los de Martín e Patricia, para manter as siglas.

Terceira sessão
MeP: Acreditamos ter entendido uma coisa... Você gosta da forma, não?
Eu: Errrrr, não, não disse nada disso.
MeP: Gosta ou não gosta?
Eu: Não diria dessa maneira.
MeP: E como diria?
Eu: Primeiro diria que não distingo forma e conteúdo, porque...

MeP: Esse é um lugar-comum pseudoteórico.

Eu: Bem, está bem, estou especialmente interessado no conteúdo: tratar os materiais de uma forma não patriarcal, sem sujeitá-los, sem fazê-los trabalhar para mim...

MeP: Que pretensioso...

Eu: ... e que isso lhes permita tomar forma.

MeP: Isso é forma.

Eu: Sim, pode ser.

MeP: Então você gosta da forma?

Eu: Se quiserem dizer dessa maneira...

MeP: Não, diga você: gosto da forma.

Eu: Bem, gosto da forma.

MeP: Perfeito. E gosta das formas pouco usuais, não?

Eu: Às vezes os conteúdos pouco usuais tomam formas pouco usuais, e então parece que o interesse estava nessa forma pouco usual. Mas não, acho que é ao contrário.

MeP: E se você partisse de uma forma?

Eu: Suponho que a forma condicionaria o que se diz. É o mais comum, por exemplo, partir da forma "romance contemporâneo".

MeP: Hmm... não nos referimos a isso, mas sim de partir de uma forma não usual.

Eu: Ah, bom, pode ser interessante, também, mas em geral é mais como um jogo.

MeP: Bom, vamos propor um jogo! Gosta de jogos?

Eu: Como todo mundo... mas não sei se neste momento...

MeP: Siiim! O jogo é o seguinte: a partir de agora você vai responder... em dísticos! E cada vez que não fizer isso vai apanhar do guarda atrás de você.

Eu: Quê? Não quero começar agora a... ai!
MeP: E vai bater mais forte a cada vez.
Eu: Não entendo por que isso é necessário... ai!
MeP: Em rimas!
Eu: Não entendo por que isso é necessário/ me parece antes o contrário.
MeP: Muito bem! Contrário do quê?
Eu: O contrário de entenderem as orações/ lidas em meu bloco de anotações.
MeP: Não era um bloco, mas um computador.
Eu: Eu sei, mas para buscar as rimas/ sou forçado a essas pantomimas.
MeP: Se você continuar dizendo qualquer coisa, ele vai bater mesmo se rimar.
Eu: Bem, façam o que quiserem... Aiiii!
MeP: E cada vez mais forte.
Eu: ...
MeP: Bem, queremos perguntar sobre essa história de bancar o palhaço.
Eu: Nunca quis bancar o palhaço/ é só quem eu sou, meu traço.
MeP: Que traço?!
Eu: Um traço que sou obrigado/ a usar pra cruzar o cercado.
MeP: Que cercado?
Eu: O cercado que existe ao redor/ de todo real pormenor.
MeP: Gostamos desse par. Se continuar assim, te deixaremos em paz.
Eu: Façam o que quiserem... Ai! Façam o que quiserem comigo/ porque não temo qualquer castigo.

MeP: Também não é para se exaltar. Vamos acrescentar um pouco de dificuldade: agora tem que ser em tercetos com rima ABA.

Eu: Aff... Ai! Aff, que complexo/ fazer o que me pedem/ sem soar desconexo.

MeP: Muito bem! Estamos nos divertindo.

Eu: Divertir a vigilância/ que ameaça agredi-lo/ hilária discrepância!

MeP: Hahaha. Boa, boa... Muito bonito. Mas é tudo muito curto, queremos um pouco mais de desenvolvimento. Vamos te dar alguns minutos para nos recitar algo mais sofisticado e longo, em dísticos, sobre a oposição que você propôs entre messianismo e misticismo.

Eu: Eu não propus isso.

MeP: Propôs, sim, disse que se interessava pelo misticismo populista contra o elitismo messiânico.

Eu: Eu não disse isso.

MeP: Foi o que nós entendemos.

Eu: Bom, pode ser.

MeP: Ótimo, faça o seguinte: caso se saia bem, vamos te liberar por hoje.

Me deram papel e lápis e me deixaram alguns minutos sozinho. Embora me incomodasse, decidi me concentrar ao máximo possível: ao menos podia escrever em vez de falar e responder. Escrevi sem pensar, governado pelas rimas, e, quando voltaram, li para eles isto:

alguns escritores têm tom messiânico
veem a história como algo orgânico
um tempo que um dia chegará
e escrevem para irem até lá
analisam a sociedade
e querem chegar à sua verdade
mas outros são mais místicos
e rechaçam dados jornalísticos
pensam sua escrita sem casuísmo
e seus livros são como um abismo
em que tudo – inclusive a história –
perde sua memória
os messiânicos estão fora do que escrevem
pensam a obra no contexto em que se inscrevem
os costumes e a moral
o que está bem e o que está mal
as coisas andam por qual caminho
como fazer da água o vinho
e os místicos por sua vez se voltam para dentro
porque pensam que lá dentro fica o centro
de alguém que é o mundo
o ponto mais profundo
de tudo o que existe, e mais nada
e às vezes não passa de piada
nessa piada, todavia
o mundo deixa sua letargia
e podemos nos conectar com o avesso
com o eixo mais espesso
e curiosamente agora se configura

o místico é messiânico porque perfura
a história com sua total ausência
de interesse, ou seria mera inocência
e o messiânico perde o rumo
se tenta mostrar o mundo e seu prumo
porque no fim só consegue falar
do eu em uma versão superficial

MeP: Muito bem, saiu alguma coisa, embora não seja lá grande coisa. E não concordamos em nada, é lógico.
Eu: Eu também, não oponho esses termos, isso saiu assim porque... ai! Por que apanhei agora?
MeP: Foi por iniciativa própria do guarda, um pequeno excesso.
Eu: De qualquer forma não dói.
MeP: Ah, não? E por que reage como se doesse?
Eu: Não sei, meu corpo reage assim.
MeP: Gosta de se vitimizar... Bem, por hoje te deixamos em paz. Levem-no!

* * *

Me deixaram dois dias no calabouço e me chamaram de novo. Eram, outra vez, outros, parecidos, mas um pouco mais jovens, com ar indolente e cínico; vou chamá-los de Mateo e Pilar, para manter as siglas.

Quarta sessão
MeP: Andamos lendo os interrogatórios anteriores. Sentimos vergonha alheia de suas respostas.

Eu: Eu também.
MeP: E então?
Eu: ...
MeP: Nada a dizer?
Eu: ...
MeP: Se você não falar, o guarda vai te bater.
Eu: Não me importo.
MeP: Vejamos, vejamos... Você sabe que não vai escapar de nós, que temos nossos informantes, né?
Eu: Imagino, sim. Posso até imaginar quem poderiam ser.
MeP: E provavelmente estaria enganado. Mas, bom, em todo caso queremos que saiba que vamos continuar te vigiando.
Eu: Façam o que quiserem.
MeP: Obrigado. O que queremos agora é te propor um jogo.
Eu: ...
MeP: Não quer jogar?
Eu: Não. Aii!
MeP: Se não jogar, apanha.
Eu: Não me importo... Ai! Não dói.
MeP: Vai jogar ou não? É um jogo muito divertido. Não é de rimas, é de fazer coisas com o corpo e te filmar.
Eu: Não. Ai!
MeP: Certeza?
Eu: ...
MeP: Bem.

Então eles fizeram um gesto estranho com as mãos, e o guarda chamou outro guarda e juntos eles me surraram com entusiasmo.

Eu sentia e não sentia dor, porque tudo acontecia e não acontecia. Depois me jogaram na rua. Da rua gritei alguma coisa, não lembro o quê. Lembro que o guarda me respondeu: "Cara de cu!". Quase não tinha comido, estava muito fraco, e o insulto me fez mal. Minha roupa, além disso, estava suja. Curiosamente, não sentia dor em lugar nenhum. Antes, sentia-me orgulhoso por não ter participado do último jogo, porque assim tinha reparado um pouco minha autoimagem. Participar de jogos pensados para humilhar é... humilhante. Mas no geral estava muito envergonhado por tudo o que havia dito. Em casa tomei uma ducha e deitei para dormir e sonhei com a Vergonha, que era uma senhora bastante distinta cuja presença incomodava. Quando acordei, já era noite e estava faminto e a geladeira estava quase vazia, de modo que vesti roupas pretas limpas e mais ou menos elegantes e saí em busca de um local para comer. E, e, e...

CAPÍTULO 3

Gostaria de lhes pedir que (vocês) aceitassem momentaneamente a existência de coisas que acontecem e não acontecem ao mesmo tempo, como no capítulo anterior. Não é um pedido muito excêntrico, de todo modo, porque boa parte da vida se desenrola nesse lugar. Ou toda a vida. É o lugar duplo das visões. Tudo o que vemos existe e não existe ao mesmo tempo. Então, para encerrar o assunto, digo: o interrogatório que acabo de contar ocorreu tal como contei, está gravado. Não me orgulha em nenhum sentido. Valorizo uma única coisa: que o livro foi estragado um pouco mais e isso afastou mais o feitiço. Ao mesmo tempo, o interrogatório foi resultado do feitiço. Acho – me dou conta agora – que consegui transformar um ataque do feitiço em um antídoto contra o feitiço. Não sem custo, claro. A vergonha, por exemplo. Porque dei respostas vagas demais, um pouco desdenhosas, e ao mesmo tempo estúpidas, ou impositivas e exageradas, defendendo posições que eu não tinha interesse em defender. Por exemplo, gosto muito dos livros que são autobiografias ou tratam de temas históricos com fidelidade, não havia por que sustentar o contrário. E a maior vergonha está no momento das rimas e naquele poema... É uma oposição falsa, porque misticismo e messianismo são dois momentos de um mesmo movimento, como respirar. Ou não é falsa? De qualquer modo, a situação e a rima me obrigaram a dizer coisas quando eu não queria dizer nada. Tudo o que eu disse me afasta do que me interessa. O que me interessa? Não faço ideia. Ou sim, faço ideia. Mas agora sei que meu impulso inicial era bom: não devia ter me sujeitado a nada. "Não devia ter me sujeitado a nada": preciso lembrar dessa frase. O que poderia ter dito, se o único objetivo do interrogatório era me envergonhar? Me envergonhar para me restringir. E me restringir para quê? Para...

* * *

Para me envergonhar. E me envergonhar para quê? Para que a arte não liberte, nem quem escreve nem quem lê: outro par. Liberte do quê? Bem, bem... Dá para entender: do feitiço. E se não dá para entender é porque (vocês) fingem não entender: se pararem de fingir, entenderão. Eu muitas vezes finjo, mas neste momento específico decidi não fingir, e consegui isso fingindo... São possibilidades que aparecem quando tento me esquivar do feitiço: finjo, e então o feitiço não me afeta, e como o feitiço não me afeta eu paro de estar fingindo, de modo que finjo e não finjo ao mesmo tempo e, desse modo, o que faço é algo que não é nem fingir, nem não fingir. Ou ao menos acho isso. O que sei é que quando estou em dois lugares ao mesmo tempo, o feitiço não sabe onde estou. Mas quero seguir contando de onde tinha parado antes do interrogatório. Eu estava enfeitiçado e precisava fazer, então, "o necessário". E estava me correspondendo com Camila. Então nos encontramos. O que aconteceu? Não posso contar. Aconteceu algo, isso posso dizer. E foi muito intenso e muito esquisito. E nós dois fugimos espantados. E isso fez eu me sentir mais enfeitiçado que antes.

Depois, um dia, estava andando pela rua e me veio uma pergunta: o que me faz funcionar? Porque algo funcionava às vezes, e quando funcionava, o feitiço não tinha poder nenhum, porque o poder que me fazia funcionar o anulava. Que tipo de energia era? Ambição? Promessa? Visão? Era como ir para a frente, pensei, ou seja, funcionar como se fosse em direção a alguma coisa, mas também poderia ser pensado como olhar para trás, funcionar como se escapasse de alguma coisa, ou como algo que me fazia saltar para a frente, como um chute ou um empurrão ou um cheiro ruim ou uma sombra que me seguia e me empurrava para a frente. Em seguida, pensei na egrégora. A egrégora ia me empurrando para a frente. Mas fazia isso por ela, não por mim, ou seja: o que me fazia funcionar não tinha a ver comigo, mas com ela. Era uma possibilidade, eu ainda não entendia bem o funcionamento da egrégora (posso adiantar que mais tarde entendi, como vocês logo verão).

Claro que também havia alguma coisa à frente, e essa coisa era eu. Eu ia em direção a algo que não sabia o que era. E havia uma terceira posição, aliás, que não estava nem à frente, nem atrás, mas exatamente sobre mim: uma espécie de energia, por si só desprovida de qualquer tipo de noção temporal. Então: uma coisa à frente me fazia ir adiante; algo atrás me empurrava para a frente; e algo no centro me dava uma energia que... que podia fazer com que eu me movesse nem para a frente e nem para trás, mas sobre mim mesmo. Isso às vezes me fazia parar, caso o que estava adiante ou o que me empurrava parecesse suspeito.

Andava pensando nessas coisas quando recebi um telefonema de meu amigo Miguel, o escritor de literatura gauchesca, que me disse, tão logo atendi: "Tenho a solução para seu feitiço". "Qual é?", perguntei com desconfiança. "Uma mudança de vida. Lembra que uma vez você me contou que tinha a fantasia de se tornar correspondente de guerra?" "Hmmm, sim." "Bem, o diretor do jornal X, de quem te falei uma vez, quer mandar um correspondente para cobrir a guerra entre Y e Z, e pensei em você na hora. Contei de seu trabalho anterior e disse que você lia muito e também gostava de escrever, e ele se entusiasmou. O que acha?" Respondi que sim sem pensar. Pensei depois e me arrependi, mas não consegui recusar, porque tudo começou a avançar tão rápido e me pareceu mais angustiante dizer não do que ir. Além disso, o "sim" tinha sido bom: uma forma de evitar o feitiço é se meter em situações nas quais devemos agir realmente empurrados pelas circunstâncias. E além disso era uma mudança de vida rumo a uma vida, a de correspondente de guerra, que eu havia inventado em uma conversa com Miguel e claramente estava dentro do necessário.

* * *

Não quero entrar em detalhes supérfluos. Só posso falar que me disseram que o dinheiro era insuficiente para enviar um fotógrafo, e eu mesmo deveria tirar as fotos com meu telefone ou negociar a compra de fotos com alguém que eu conhecesse lá, porque de todo modo ninguém se interessava mais por "essas fotos de guerra", apenas pelos "vídeos espontâneos" gravados "pelas pessoas que sofrem de verdade" ou pelos próprios soldados "que arriscam suas vidas". Uma semana depois já estava na zona de conflito, perto da fronteira entre os dois países. Logo me senti bem. A sala internacional de imprensa era um hotel velho, mas elegante. Havia pessoas de uns vinte países, além de diversos jornalistas locais. Eu já tinha chegado com uma posição a respeito do conflito, de alinhamento com o país que nos hospedava no hotel, e por isso tinha ido até lá: o inimigo, que era muito mais poderoso, planejava, no mínimo, deslocar a população civil de uma zona em disputa.

Sentei-me para tomar um café com o correspondente da França, que se chamava Michel. Me disse que a guerra estava difícil, e que provavelmente o país onde estávamos, que chamarei de Gru, perderia; que já havia um jornalista belga ferido, porque os do outro país – que chamarei de Dre – atiravam na imprensa; que a comida era boa, mas às vezes faltava luz; que os militares de Gru andavam um pouco paranoicos com os jornalistas desde que haviam identificado um infiltrado. Um tempo depois chegou a correspondente russa – que era parecida com Alberta e, além disso, gesticulava de forma semelhante: mexia os cotovelos, insultava, ria feito uma doida; chamava-se María e nos demos bem imediatamente: marcamos de jantar em um restaurante naquela noite com outros jornalistas.

Minha primeira matéria foi sobre algo que fiquei sabendo poucas horas depois de chegar: os militares de Dre haviam recrutado, antes do início da guerra, pessoas pobres de um terceiro país com promessas de dinheiro fácil; ofereceram treinamento durante um tempo, distribuíram uniformes, posicionaram-nos na fronteira e *pum!*, começou a guerra e esses soldados pobres e sem formação não faziam ideia de quem era o inimigo nem de nada, e não sabiam lutar, e por isso estavam morrendo chafurdados no espanto. Descobrimos isso porque dois deles haviam se entregado como prisioneiros e conversado com a imprensa local. Estavam desesperados; todos os odiavam: os de Gru, porque eram inimigos; os de Dre, pela traição; e os de seu país, desde sempre, porque eram de uma minoria pobre. Conversei com um deles, auxiliado por uma intérprete; me disse: "Mais ou menos um mês atrás um caminhão parou em nosso povoado e dele desceram militares de Dre prometendo dois mil dólares por mês em troca de cuidarmos de alguns postos de fronteira. A guerra ainda não tinha começado e ninguém a via se aproximando no horizonte, então muitos de nós aceitamos e fomos levados para a fronteira entre Dre e Gru, onde tiraram nossas roupas e nossos documentos e nos vestiram com o uniforme de Dre. Entregaram um rifle velho para cada um, nos fizeram praticar uma tarde inteira com umas latinhas e nos colocaram nos postos de fronteira. Dois ou três dias depois, em uma manhã, estávamos tranquilos fumando, tomando café e conversando quando começamos a escutar tiros. Não sabíamos de onde vinham, corremos, mas vários ficaram pelo caminho. Quando nos queixamos, disseram que não devolveriam nossos documentos e seríamos julgados como desertores se...". Tudo nessa linha.

* * *

As chances de morrer eram baixas se você não fizesse nenhuma loucura e a situação não piorasse, algo que podia acontecer; mas, ainda assim, as chances de morrer eram mais altas que na vida cotidiana da qual vinham quase todos os correspondentes. Isso criava um clima festivo muito esquisito no qual, logo percebi com alegria, meu feitiço era incapaz de agir. Ao mesmo tempo, pensando em termos de autoajuda, não poderia recomendar quem padece de feitiços semelhantes ao meu que atue como correspondente de guerra ou algum ofício equivalente, como mergulhadores de águas profundas ou, sei lá, policiais ou ladrões. Porque a ideia, claro, é se aproximar da zona de conforto na vida comum, ou em algo semelhante a uma vida comum, no sentido de transformar uma vida comum incômoda em outra vida comum cômoda. Mas o que eu estava vivendo não era uma vida comum, e sim uma mera excursão, uma ilha na existência com regras próprias e novas. Claro que seria possível passar a vida inteira como correspondente de guerra, e assim a vida comum incluiria os momentos incomuns, mas isso é outra coisa e não era o meu plano.

Naquela noite fomos ao restaurante, e acho que nunca foi tão bom ir a um restaurante na minha vida. Para começar, a dona e os garçons se sentiam agradecidos, porque sabiam que os presentes apoiavam o lado de Gru, e então nos deram o que tinham de melhor a preços muito razoáveis, e até algumas coisas grátis, como o champanhe do final. Mas não quero me adiantar. Por que foi tão bom? Talvez porque o feitiço estivesse completamente anulado. Por isso, provavelmente, o flerte com María, a jornalista russa, foi tranquilo e explícito desde o princípio. Eu lhe dizia alguma coisa, ela ria e me respondia outra coisa me cutucando com o cotovelo; eu fingia dor, ela dizia "pobrezinho" de brincadeira; eu ria, ela gritava alguma coisa e brindávamos. E toda a mesa, além disso, parecia uma mesa de flertes: o francês com o sul-africano, a espanhola com o alemão, a inglesa com a mexicana, o norueguês com a filipina. Não sei se todos os flertes tinham finalidade sexual, mas todos pareciam o início de aventuras. Ou a continuação, porque muitos se conheciam de antes, de outras guerras.

Acabamos a noite brindando e cantando; os garçons riam, a dona às vezes cantava conosco. Foi então que nos deram o champanhe, o que nos levou a brindar de novo várias vezes. Ao sair, nos dispersamos deliberadamente, porque, entendi em seguida, nenhum relacionamento podia ocorrer às claras. María e eu fomos ao seu quarto após darmos umas voltas pela cidade, que já estava sob toque de recolher, mas ainda não tinha sido bombardeada e tampouco esperava-se que viesse a ser, e por isso o clima geral não era tão ruim. No quarto, bêbado e sem feitiço, tudo fluiu com alegria e profundidade. Mas antes preciso dizer que, no passeio prévio, deparamo-nos com um grupo de ciganos desalojados (embora fossem nômades, suas caravanas costumavam ficar estacionadas na fronteira) e uma mulher do grupo, muito velha, aproximou-se e tentou vários idiomas até acertar o russo. María disse a ela: "É melhor ler a mão dele". Mas em vez de ler minha mão ela me fitou nos olhos por alguns segundos e disse a María: "Pensa demais, mas hoje está contente e é preciso aproveitar". María riu e a velha também.

Na manhã seguinte acordamos, sorrimos um para o outro e cada um foi para o seu quarto. Nos encontramos de novo no café da manhã, já de banho tomado, e ninguém disse nada sobre a noite anterior. Quero dizer, ninguém mesmo: nenhum dos presentes no jantar da noite anterior jamais disse nada em nenhum momento, e também não fez qualquer alusão ou deixou subentendido, nem averiguou como tinham corrido as coisas após a despedida.

Fomos à conferência de imprensa. Quem falava era o general de Gru, acompanhado pela secretária de comunicação. O general era tosco e a secretária também, embora um pouco menos. Os dois disseram estar convencidos de que Gru venceria a guerra. Michel, o correspondente francês, me disse ao ouvido: "Eu não tenho tanta certeza". "Alguma pergunta?", disse a secretária de comunicação. "Sim", respondeu a filipina, que se chamava Anastasia: "Gostaria de saber em que se baseia sua especulação de vitória se o inimigo não só é dez vezes superior em número como também possui armas muito mais potentes". "Sim, sim", disse a porta-voz, "claro que estamos cientes, e isso pesou em nossa *especulação*. Nossa principal vantagem é sermos um exército mais profissional. Além disso, temos o território a nosso favor: estamos acima, eles precisam subir, e subir sempre é mais difícil e dispendioso em termos de armamentos e pessoal. Por fim, só queremos manter nossa posição, enquanto eles querem conquistar nosso território, e manter a posição sempre é mais fácil que galgar uma nova. Mais alguma pergunta?" "Sim", respondeu o sul-africano, que se chamava Samuel: "Queria saber se está sendo negociado um cessar-fogo para recolher os cadáveres". "Tentamos, sem sucesso... Nosso inimigo não parece disposto a recolher seus cadáveres, que não são apenas de mercenários; por isso tivemos que nos arriscar para recolher os nossos."

* * *

A noite seguinte foi parecida com a anterior e igualmente alegre e intensa, até o momento da chegada em nosso jantar de um jornalista da Macedônia do Norte que, reparei em seguida, tinha sido amante de María. Fiquei com ciúmes, devo dizer, e não só por causa de María, mas porque algo no jornalista macedônio despertou em mim uma atração imediata. Quero dizer que este jornalista, que se chamava Giorgio, pareceu-me na hora alguém fascinante sem que eu soubesse dizer por quê: algo em seu porte e em sua voz, claro, mas além disso... algo em seu cheiro... mas além disso... suas sobrancelhas, espessas e juntas, e a calvície incipiente... mas, além disso, algo na maneira como dizia o que dizia, e na forma como todos olhavam para ele. Disse, por exemplo: "Mais uma guerra nos reúne", que não é uma grande frase, mas dita por ele teve um peso que não consigo descrever. Por sorte, Giorgio chegou bem no fim do jantar, quando já estávamos quase nos levantando para ir embora, e por isso não conseguiu perturbar o clima. Passei mais uma vez a noite com María e mais uma vez tudo correu bem, melhor até que na noite anterior, por causa de nossa experiência prévia e, de um jeito estranho, porque o fantasma de Giorgio sobrevoara a cena. Depois María me falou de sua história com Giorgio. Disse que tinha sido incrível, mas não voltaria a repeti-la, porque Giorgio era uma pessoa muito sombria que sugava a energia dos outros sem querer. Disse que esse vazio de energia que provocava nos outros era purificador, mas a recuperação posterior era lenta, e isso implicava passar bastante tempo com energia insuficiente.

Mas, no dia seguinte, ninguém sabia onde Giorgio estava. "É um maluco", me disse Michel, "pode estar em qualquer lugar." Fui com ele e María a alguns povoados mais próximos da fronteira para entrevistar os moradores que ainda restavam. Entrevistamos uma velha muito velha que dizia que só deixaria seu povoado morta. A igreja tinha sido bombardeada, assim como o hospital, o jardim de infância e a discoteca... Tiramos algumas fotos – tinham dito a nós três que não havia dinheiro para fotógrafos, mas com Michel usaram o argumento de que era pouco ético fotografar uma guerra, e para María disseram que assim as fotos seriam mais realistas – e entrevistamos outros idosos e idosas. Também conversamos com um pequeno grupo de resistência armada criado ali. Contaram que o inimigo não recolhia seus cadáveres e, quando o vento soprava, vinham lufadas de um cheiro cada vez mais asqueroso: "Vão acabar nos expulsando assim", disseram com risadas amargas. Também disseram que a comida que ainda restava tinha tantos fungos que poderia ser usada como penicilina.

    De volta ao hotel, escrevi uma matéria contando tudo isso, anexei as fotos e apertei enviar, mas o e-mail não foi porque na mesma hora cortaram a luz. Não era um grande problema, só precisava esperar e... Já era noite. Desci pelas escadas iluminadas por velas. Não disse isso antes: eu estava no quinto andar, o último. Nenhum ruído ou fantasma se aproximou das escadas. Havia, sim, alguns ruídos vindos do céu que não me agradaram. No refeitório os jornalistas estavam alvoroçados porque tinham a informação de que a qualquer momento teria um bombardeio sobre a cidade. Escutamos a primeira bomba, mas distante. Depois mais duas, também distantes. E depois uma quarta um pouco mais próxima. Isso foi tudo. María me disse: "Seu primeiro bombardeio!". Passamos a noite juntos, mas estávamos muito cansados e apenas dormimos.

* * *

No dia seguinte, fomos com María e Michel às zonas bombardeadas. Eram casas de famílias, uma escola e um centro de saúde; havia sangue e pedaços de corpos. À tarde escrevi uma matéria contando a experiência noturna e os danos e as mortes. Não quero entrar em detalhes, seria mórbido e já fiz isso ao escrever a matéria. Só quero dizer que tudo era horrível. O clima, portanto, mudou: paramos de sair para comer à noite, mas os jantares no hotel se tornaram muito intensos, escuros, quase orgiásticos. Enquanto bebíamos, estouravam as bombas. De dia víamos as consequências, cada vez mais horrorosas, e escrevíamos nossas matérias. A equipe do hotel tinha ido embora, e por isso nós mesmos preparávamos nossa comida na imensa cozinha com as coisas que encontrávamos: principalmente ovos, batatas, algumas verduras... Mas eram banquetes, porque, além disso, podíamos escolher as melhores garrafas da adega. Foram três noites assim; na quarta, uma bomba caiu nos limites do hotel e diversas outras nos arredores. Percorri com Michel, María e alguns outros as ruas escuras e repletas de gritos, disparos e explosões. O exército inimigo havia entrado na cidade. Pelo céu voavam drones de reconhecimento e drones suicidas. Alguns explodiam contra edifícios e em seguida ouviam-se gritos. Eu já tinha escrito uma matéria sobre a utilização desses drones proibidos: eram caríssimos e davam muita vantagem a Dre. Por exemplo, o presidente de Dre havia divulgado vídeos mostrando como os drones suicidas massacravam os soldados de Gru nas trincheiras: os soldados, sem aviso prévio, voavam em pedacinhos pelos ares. O presidente de Dre, abaixo dos vídeos, comentava: "Palmas para nosso heroico exército!". Os drones, diziam, eram pilotados a partir de um bunker distante por adolescentes selecionados em lan houses: os militares, vestidos de civis, passeavam por esses lugares e convidavam os de maior destaque. Muitos diziam que, sem os drones, Dre não teria conseguido vantagem, e por isso, se Dre ganhasse, deveria sua vitória a um grupo de adolescentes que não entendia o que estava fazendo e sofreria nos próximos anos as consequências psicológicas de terem assassinado centenas de pessoas. Gru não tinha drones: não tivera essa ideia e não poderia pagá-los, ao menos não na quantidade necessária. Em certo momento, não sei como, em meio ao caos, me perdi. E, não sei como, dois minutos após me perder, surgiu Giorgio, muito contente, tirando fotos, e debochou de minha cara aterrorizada. "Vamos, vamos!", me disse. "Para onde?", perguntei. "Tenho uma pauta incrível para apurar." Eu não soube o que dizer e o segui por várias quadras, quase correndo. Chegamos a uma casa baixa cheia de corredores. Ali havia um grupo de civis armados que nos recebeu com alegria. Giorgio me disse: "O plano é o seguinte: vamos levar em um carro de imprensa armas para um grupo guerrilheiro instalado na outra ponta da cidade". "Isso não é uma matéria, você está louco", eu disse: "E se nos pegarem?". "Não vão nos pegar, vão pensar que somos um carro de imprensa... Mas se nos pegarem, vão nos matar, sem dúvida. Mas não vão nos pegar, e depois vamos escrever a matéria. Você vem, né?" "Que armas?" "Um pouco de tudo, principalmente antidrones." "De onde tiraram isso?" "Não faço ideia, mas acham que com isso poderiam ganhar." "Onde estão?" "No porta-malas de meu carro... Vem ou não vem?" Não consegui dizer não, e isso fez eu me sentir enfeitiçado e não enfeitiçado: muito enfeitiçado e muito não enfeitiçado ao mesmo tempo, porque era capaz de fazer uma loucura e ao mesmo tempo era incapaz de me recusar a fazer uma loucura. O importante é que, pela primeira vez ali, senti o feitiço no plano de fundo, refletindo o que se opunha a ele.

Saímos e entramos no carro. Um drone suicida passou logo acima de nós: um pouco mais e… Giorgio riu e disse: "Esse era para nós. Depois disso vamos dormir feito bebês". A ideia de dormir feito um bebê me agradou, mas eu tremia. "Está com frio?", perguntou Giorgio rindo. Era doido e um herói. E eu era um herói com ele. Ser um herói era ir contra o feitiço. Não sei explicar o que aprendi com Giorgio: algo em seu tom de voz, em sua sintaxe, eram várias coisas mínimas que se somavam. Qualquer outra pessoa poderia ter feito o mesmo que ele e, aos meus olhos, pareceria apenas um louco. Mas com ele eu aprendia fascinado, observando todas essas coisas mínimas.

Uma bala entrou por uma das janelas traseiras e saiu pelo para-brisa. No caminho havia uma barreira de soldados de Dre. Perguntaram de onde vínhamos e para onde íamos. "Estamos exercendo nosso trabalho de jornalista", disse a eles Giorgio, e mostramos as credenciais. "E qual é o seu trabalho?", perguntou o soldado sem sorrir. "Nosso trabalho é contar o que vemos", disse Giorgio. "Esperem um instante", disse o soldado, e levou as credenciais. "Mau sinal: não podemos esperar", disse Giorgio, e saiu cantando pneu. "Ficou maluco?!", gritei, e em seguida começaram a disparar contra nós. Ele não ria, mas sorria. Chegamos do outro lado e os guerrilheiros nos receberam com muita festa. Nos ofereceram bebida; bebemos, até dançamos um pouco. Giorgio contou que não tínhamos mais as credenciais e que, se voltassem a nos ver, seríamos mortos. "São heróis", disseram. "Vocês são os heróis", disse Giorgio.

"Todos somos heróis", responderam eles, e começaram a cantar uma canção folclórica. "Sabe o que a letra diz?", me perguntou Giorgio. "Não, não..." "Diz: Você me enfeitiçou e eu não sei/ como foi nem o que houve/ mas sei que agora eu/ não sou mais meu próprio juiz." Eu não soube o que responder. Já não era meu próprio juiz havia muito tempo. Ou pior: era um juiz que contemplava tantas possibilidades que depois não sabia o que dizer e deixava os acusados presos em um calabouço por tempo indefinido, esperando eles morrerem de uma vez. Giorgio sorriu para mim como se soubesse o que eu estava pensando, embora, claro, não soubesse; depois disse: "Sei que você tem problemas, mas é assim que se resolvem os problemas". "Assim como?" "Assim, assim", disse com um gesto bonito: um círculo ascendente da mão aberta, com a palma voltada para cima. Uma espiral ascendente, melhor dizendo, e com a mão não de todo aberta. Às vezes faço esse gesto e o efeito sobre meu ânimo é positivo. Recomendo.

Descarregaram as armas do porta-malas. Havia, efetivamente, um pouco de tudo, mas o que mais os fez festejar foram duas coisas: pequenos radares portáteis e umas armas que eu nunca tinha visto. "Esses são os antidrones", me disse Giorgio: "os radares servem para localizá-los, e esses aparelhos, para desativá-los". "Como?" "Fazem com que eles percam a orientação e sigam numa direção aleatória." "Ah, os enfeitiçam." "É, sim, tipo isso." Veio um guerrilheiro mais velho e começou a dizer alguma coisa; Giorgio foi traduzindo para mim: "Livraram-se do pesado fardo com a ajuda de três semideuses; agora, os semideuses lhes mandam três presentes". Deu um rifle para cada um de nós: "A arma é a força", disse. Depois se aproximou de uma estante e tirou dois livros: "O livro é a inteligência", disse, e deu um para cada um. Por fim, aproximou-se de um canteiro e tirou duas flores. "A flor é a beleza", disse, e nos deu as flores. Giorgio estava emocionado e, ao vê-lo, percebi que eu também. "Já têm tudo o que podem querer na vida", disse por fim, e Giorgio traduziu para mim essa última frase com a voz embargada. A voz embargada de Giorgio me emocionou. O velho beijou nossas mãos e foi inspecionar as armas. Veio depois um soldado que nos disse que havia duas motos à nossa espera: devíamos atravessar com elas a fronteira com um país que não era Dre nem Gru. "Que matéria, hein?", me disse Giorgio.

* * *

E essa foi minha melhor matéria. Não só pelo que havia acontecido, mas porque entendi algumas coisas antes de escrevê-la e entendi outras coisas ao escrevê-la. Mas escrevi depois, antes aconteceram outras coisas. Dormimos algumas horas no bunker dos guerrilheiros e ao amanhecer partimos nas motos. Viajando na moto, lembrei e entendi o alerta de María: Giorgio era uma pessoa sombria que sugava a energia dos outros sem querer, e esse vazio de energia que provocava nos outros era purificador. Eu me sentia leve, porque haviam tirado alguma coisa de mim e Giorgio havia usado essa coisa. Me dei conta de que sem mim ele teria sido incapaz de fazer o que tinha feito. Me dei conta também de que, tal como María havia me dito, o vazio era purificador. Mas me dei conta ao mesmo tempo de que o efeito sobre mim havia sido imediatamente benéfico, porque eu precisava que removessem a minha energia já sombria: a egrégora havia se transformado em um bebê molenga, e os fantasmas dançavam felizes ao seu redor enquanto cuidavam dela. Por isso, agora posso dizer algo útil, embora talvez pouco revelador: não é preciso ouvir tudo o que nos dizem e é preciso ir atrás das coisas que nos atraem. Quero dizer que o que pode nos fazer bem pode fazer mal a outros, e também o contrário, o que é a mesma coisa: o que pode nos fazer mal pode fazer bem aos outros. Muito pouco revelador, na verdade. A outra coisa que quero dizer é que é possível ser cafona sem ser cafona, como o velho que nos deu armas, livros e flores. As motos iam, como se diz, correndo em campo aberto, embora mais que campo, a região fosse um terreno embarrado com muitas subidas e descidas. Giorgio uivava de tempos em tempos e eu o imitava, porque minha energia tinha ficado com ele e ele a purificava. Me dei conta de que ao purificá-la ele me devolvia, como se, por exemplo, cada uivo seu fosse a devolução da energia purificada e cada uivo meu a absorção dessa energia. Que maravilha, que processo incrível: Giorgio era uma máquina purificadora de energia. E fazia isso porque em minha admiração tinha aquilo de que precisava. Giorgio era generoso, porque dava muito mais do que pedia. Não pedia nada, na verdade, apenas pegava emprestado e depois devolvia limpo. Não era generoso, era outra coisa.

Paramos um momento para descansar e tirei da mochila o livro que o velho guerrilheiro tinha me dado. "O que diz?", perguntei a Giorgio apontando o título. "É melhor eu não dizer." "Não, diga." "Bem, é um manual de usuário de alguma coisa." "De quê?" "Vejamos... De um programa antigo para fazer algo em um computador antigo." "Para fazer o quê?" "O que importa?" "Não, diga." Dei o livro e ele folheou. "Bem, ensina a criar bases de de dados, acho." "Ah... E o teu?" Pegou seu livro e folheou. "O meu é sobre antigos regulamentos municipais." "Nos deu uma coisa qualquer", eu disse. Ele ficou pensando: "Não sei. Claro que o importante é a simbologia, mas... Também não acho que seja uma coisa qualquer. Teríamos que pensar um pouco". "Eu não quero pensar mais." "Bem, não pensemos. Mas não fique com a ideia de que nos deu uma coisa qualquer." "Está bem." As flores já estavam quase secas. "Vamos testar as armas", eu disse. "Sabe atirar?" "Claro." Colocamos algumas pedrinhas sobre uma pedra maior. Obviamente Giorgio era infalível. De qualquer modo, nos alegramos ao descobrir que os rifles estavam em tão boas condições. "Lubrificaram e limparam há pouco", me disse Giorgio. "Espero que a gente não tenha que usar." "Vamos ter que usar", ele me disse. "Como você sabe?" "Não tenho dúvida, não sei por quê." Nisso Giorgio se enganou.

* * *

"Tem gente ali, vamos parar", Giorgio gritou de sua moto. Paramos: muito ao longe, um grupo de pessoas erguia uma nuvem de poeira. "Será que são amigos ou inimigos?" Giorgio olhou com atenção e disse: "São ciganos". Era um grupo de ciganos desalojados da fronteira, mas não pela guerra que estivéramos cobrindo, e sim por outros conflitos. Como estava amanhecendo, nos convidaram para tomar café da manhã. Giorgio falava o idioma que eles falavam, uma variante local do romeno. Ria com eles, seus comentários os faziam rir. Uma velha se aproximou e me disse algo que não entendi. Giorgio riu. "O que ela disse?" "Disse que você tem cara de enfeitiçado." "Ah... Diga a ela que sim, estou enfeitiçado." Giorgio disse, a velha riu e disse algo a uma garota que, após escutá-la, foi embora dizendo algo parecido com "sim, mamãe". Algum tempo depois, a garota voltou e me deu um papel dobrado amarrado por um fio. A velha me disse alguma coisa. "O que ela disse?", perguntei a Giorgio. "Disse para não abrir o papel até ter certeza de que está curado." Eu disse "obrigado" com um gesto de cabeça e guardei o papel na mochila.

O que aconteceu na sequência é mais normal: cruzamos a fronteira sem problemas, chegamos a um povoado, descansamos em uma pousada, escrevemos um pouco nossas matérias, seguimos viagem até a cidade, fomos a um hotel muito bom onde terminamos de escrever nossas matérias, enviamos as matérias, dormimos a sesta e saímos para conhecer a noite. Mas, ao sair, eu de repente me senti deprimido. Andávamos por uma via de pedestres cheia de adolescentes com roupas da moda que gritavam com força entre si e davam altas gargalhadas, mas nada incômodas, porque eram representações da alegria que buscavam no que faziam. Então tentei emitir uma risada parecida, mas saiu só um mugido opaco. "O que foi?", perguntou Giorgio enquanto comprava alguns espetinhos de carne apimentada. "Não sei... Vimos tantas coisas horríveis", eu disse, e em seguida percebi que além disso estava preocupado com María, e então mandei a ela uma mensagem perguntando como estava. Me respondeu em seguida: estava muito bem, com Michel e outros jornalistas; o conflito havia perdido intensidade porque Dre conquistara quase toda a região, mas restava uma resistência de guerrilheiros, e diziam que haveria uma contraofensiva; ela já tinha lido a matéria de Giorgio e nos parabenizava por nosso feito. Respondi pedindo que ela partisse de lá imediatamente. Respondeu que não, eles ficariam, ela e mais alguns, para verem os desdobramentos da guerrilha, que não tinha muita chance, mas lutava heroicamente. Comprei alguns espetinhos de carne apimentada para mim e me sentei ao lado de Giorgio em um banco. Contei o que María tinha me dito, e ele falou para eu não me preocupar, María era uma especialista. Começamos a conversar com um grupo de adolescentes. Giorgio começou a falar, na verdade, porque eu não falava o idioma, mas ele atuou como meu tradutor. A conversa foi vaga e geral, e no fim nos convidaram para uma festa. Eu não quis ir, Giorgio sim.

    No dia seguinte acordei bem cedinho. Giorgio não estava, mas não me preocupei; pelo contrário, invejei-o. Tomei banho e desci para tomar o café. Um homem muito idoso tocava no piano árias locais em formato de jazz: era muito bom e tinha dedos leves, ao contrário do café da manhã, que era bom e pesado. Precisei ir correndo ao banheiro. Enquanto estava no banheiro Giorgio chegou, muito bêbado, cantando uma canção local. Saí do banheiro e vi que estava todo machucado. "O que houve?" "Os adolescentes se irritaram." "Por quê?" "Não faço ideia, não entendi o que aconteceu." Giorgio foi tomar uma ducha. Recebi uma mensagem de María com um link para uma matéria que ela havia escrito. "O que diz?", perguntei a María, mas a mensagem não chegou. Tentei ler a notícia com ajuda de um tradutor automático e entendi algo que me deixou espantado. Esperei impaciente até que Giorgio saísse do banho. Quando saiu, entreguei-lhe o telefone. Ele começou a ler e, enquanto lia, sorria. "Entendi direito?", perguntei. "Sim", me disse, "somos heróis." Contra todos os prognósticos, a guerrilha de Gru estava expulsando o exército de Dre, a vitória parecia irreversível e os antidrones tinham sido a chave. A notícia havia sido publicada duas horas antes.

* * *

A vitória foi irreversível porque o exército disperso se uniu à guerrilha. Mas, na retirada, Dre bombardeou indiscriminadamente a cidade e, dentre outras coisas, destruiu o hotel dos correspondentes. Michel e diversos outros morreram; María se salvou, mas perdeu uma mão e um olho. Soube disso por outro jornalista. Escrevi a María algumas vezes, mas as mensagens não chegavam porque seu celular tinha ficado enterrado em meio aos escombros do hotel (isso eu soube depois, mas naquele momento supus). Giorgio voltou ao seu país, e eu voltei a Gru para escrever a respeito da reconstrução, sobretudo porque não queria partir sem saber mais a respeito de María, já que ninguém queria publicar matérias sobre a reconstrução. "Só interessam as notícias em que alguém sofre", me disse o editor, e, infelizmente, só publicaram uma. Mais ou menos um mês depois do bombardeio, María me mandou uma foto com uma epígrafe: "Agora sou pirata". Tinha um gancho na mão e um tapa-olho. Estava linda. Viajei a Moscou para visitá-la e passamos dois meses nos divertindo juntos até que um dia ela disse: "Bem, já deu, né? Volte". Então voltei, porque me dei conta de que aquele era o momento perfeito para nos despedirmos: justo antes de as coisas começarem a escorregar ladeira abaixo. E também porque já tinha que voltar.

CAPÍTULO 4

Escrevi todo o final da minha viagem com pressa por saber que a ele se seguiria o relato da volta, o que me deixava ansioso. Voltar foi horrível. Mal aterrissei, senti o feitiço esmagar minha cabeça. De início tentei pensar que devia ser a umidade, mas em seguida percebi que não: o ar condicionado do ônibus em que fui até minha cidade litorânea era excelente, e, no entanto, meu feitiço só crescia em intensidade. A brisa do mar que senti ao descer também era excelente, mas toda essa excelência contrastava com o feitiço em ascensão. Morava, nesse momento, em um apartamento minúsculo em um edifício velho e descuidado de frente para o mar; subi de elevador até meu andar, o quinto, e arrastei a mala pelo corredor escuro até a porta. Quando tentei abrir, não encontrei as chaves; esvaziei a mala, mas não apareceram. O que fazer? O que fazer quando não se pode fazer nada? Guardei tudo depressa, deixei a mala na porta do meu apartamento, desci para a rua e caminhei até a praia. Estava fresco; na praia não tinha ninguém. Tirei os sapatos e caminhei até o mar, coloquei os pés na água e também as pernas, fiquei assim por um tempo fitando o horizonte. Uma onda inesperada me molhou mais do que eu queria e saí da água. Depois entrei de novo e me molhei até a cintura. Outra onda inesperada molhou meu pescoço, que se eriçou e me fez sorrir sem alegria. Saí da água. O bolso dianteiro direito pesava: as chaves estavam nele. Lembrei que as tinha colocado no bolso logo antes de descer do ônibus, para tê-las à mão. "Não se ajude", eu disse a mim mesmo.

Voltei e entrei. As plantas tinham secado e em algum momento havia escorrido água do teto por causa de um cano quebrado: o piso de madeira estava inchado, as paredes salpicadas de manchas, alguns livros estragados. Minha casa estava horrível, porque além de escura agora tinha se tornado úmida: uma caverna. Era escura porque a janela dava para um vão interno que mais tarde foi tapado por um novo edifício que... Não vale a pena contar essas coisas. Tomei uma ducha, vesti roupas limpas e saí para caminhar. O que fazia ali? Que sentido havia em estar ali? O que faria? Como estava anoitecendo, fui, sem pensar, ao bar de vinhos de Camila. Camila não estava. Sonaida estava sozinha. "Rubén e Camila saíram em lua de mel", me disse. "Ah", eu disse, e, passada a surpresa inicial, senti alívio. Como não havia quase ninguém no bar, Sonaida sentou comigo. Estava a par de tudo: do que havia acontecido com Camila, das visitas às bruxas. Tive a impressão de que não ia muito com minha cara, então em dado momento levantei e disse que estava cansado. Quando estava saindo, ela me disse: "Bem, chega". "Chega o quê?" "Chega, chega." "Está bem." Então chega. Não quero continuar tentando recriar para quem lê (vocês) meus sentimentos passados. É indigno. Dirão, talvez: "Não é indigno". Sim, é indigno. É uma vergonha, na verdade. Ao menos para mim nesse momento. Meu desejo é contar o que aconteceu comigo e que isso seja útil para outras pessoas (vocês). Posso fazer isso sem recriar sentimentos e sem buscar simpatia. Não mereço simpatia. Estava enfeitiçado, e tudo o que fazia era mais ou menos idiota. Tinha escapado da idiotice me tornando correspondente de guerra, mas, analisando bem, isso também era idiota, até mais idiota. Podia ser tão difícil assim se acomodar um pouco às circunstâncias? Com um feitiço era difícil. Então eu precisava tirar o feitiço para deixar de ser idiota. Decidi visitar Alberta, mas em seguida pensei que talvez fosse melhor telefonar para Luz e marcar de nos encontrarmos. Telefonei e ela não atendeu; alguns minutos depois me gravou uma mensagem: continuava trabalhando para Travieso Portento, mas as encomendas de Travieso Portento não tinham regularidade e por isso estava tão soterrada de trabalho que nem sequer compreendia como fazia para fazer tudo o que fazia. Disse para ela não se preocupar, conversávamos mais tarde, e eu não soube mais o que fazer.

* * *

Luz não, então, pensei enquanto andava de noite, mas também não Alberta, e não mais Camila, nem Ricky, nem Miguel: ninguém de antes, tudo novo. Não novo como ser correspondente de guerra; novo em uma vida simples e cotidiana. Mas precisava arrastar coisas comigo. Pensei nos presentes do velho guerrilheiro. Tivemos que enterrar o rifle antes de cruzar a fronteira; a flor estava seca dentro do livro, o livro eu não conseguia ler e, além disso, não valia a pena. Pensei que tinham me dado tudo e não restara nada: nem força, nem inteligência, nem beleza. Me perguntei, então: o que eu quero? Quero deixar de estar enfeitiçado, disse. Para fazer o quê? Ah, isso eu não sabia. Pensei no papelzinho que a velha cigana tinha me dado: ainda não podia abri-lo, porque continuava enfeitiçado. Como me livrar do feitiço? Tentando fazer alguma coisa. O quê? Ah... A questão era, como sempre, saber o que fazer. Voltei ao bar de vinhos, não sei por quê. "Oi de novo", me disse Sonaida pouco simpática. "Oi", respondi. Sonaida não era muito imaginativa em suas misturas, e sabia disso: um malbec mais ou menos com um bom, um branco com um rosé, coisas assim. Tomei o branco com rosé e achei bem gostoso, porque a proporção era perfeita. "Está muito bom, a proporção é perfeita", eu disse, e ela ficou contente e começou a me tratar com um pouco de simpatia. Por fim, sentou comigo. "Como foi a história de Rubén e Camila?", perguntei, e ela me disse "chega", mas eu disse que era para deixar o assunto para trás em definitivo. Ela me disse que Rubén sempre gostara de Camila, mas ela nunca tinha demonstrado o menor interesse por ele; Camila andara muito mal desde nosso último encontro, e Rubén tinha sido muito bom com ela, e então... "Pobre Camila", eu disse. "Sim, chega." "Bem, como preferir... O que não entendo é por que se casaram." "Porque Rubén queria garantir o que tinha conseguido." "E Camila?" "Camila estava muito mal." "Acho esquisito que..." "Bem, está bem, não é sua culpa: Camila sempre teve relacionamentos assim, tortuosos e ridículos, e achou que Rubén quebraria a maldição, porque Rubén é um homem bom e é sólido e franco." "Mas tedioso e antipático." "Sim, pode ser..." "Fico muito triste com o que você está contando." "Eu também... É um final e além disso: vamos fechar este lugar." "Por quê?" "Rubén não tem mais nenhum interesse em nada e convenceu Camila a ir morar no campo. E eu quero fazer outra coisa, já cansei: quero ganhar mais dinheiro." "E o que vão fazer?" "Nada, fechar... Ou tentar vender o ponto." Sem pensar, eu disse: "Eu gostaria de comprar". "É sério?" "Sim... Só não sei como arranjar os vinhos." "Pode comprar vinhos novos."

"Não, assim eu não gostaria, gosto do que vocês inventaram, as misturas baratas e incríveis." Sonaida pensou um pouco e disse: "Isso de arranjar os vinhos a gente pode organizar...". E depois, sorrindo com malícia, acrescentou: "Só não sei se você vai saber fazer as misturas". "Veremos."

Em vinte minutos estava tudo acertado: Sonaida falaria com diversos amigos garçons e amigas garçonetes para que me trouxessem, em troca de um pagamento ínfimo, restos de vinhos dos restaurantes onde trabalhavam. A necessidade de pagar pelos restos de vinho aumentaria um pouco o preço por taça, mas não muito. O dinheiro que eu tinha ganho como correspondente somado às minhas economias cobriam o preço estipulado por Sonaida e ainda sobrava para as primeiras compras de vinhos e algumas reformulações. Eu queria, por exemplo, um palco para shows de bandas não muito barulhentas, porque imaginava um bar onde desse para dançar. Isso era o principal, e pintar algumas paredes descascadas... Estava eufórico. Em casa eu não conseguia dormir. No dia seguinte fiz a transferência para Sonaida e fui à loja de ferragens perguntar se tinham algum pedreiro para recomendar. "Pegue", me disse o atendente entregando um xerox: "não conheço eles, mas me disseram que trabalham bem". "Quem disse?" "Eles mesmos." Telefonei para eles em seguida e combinamos que viriam na manhã seguinte. Ah, o feitiço tinha ido embora! Sabia o que fazer e estava fazendo! Pensei depressa se não estaria fazendo tudo isso *por causa* do feitiço, ou seja, para me livrar do feitiço, mas me irritei com essa ideia e a suprimi: a ideia queria me deter, e eu não queria ser detido. Sempre tinha fantasiado em ter um bar onde tocassem bandas não muito barulhentas e as pessoas pudessem tomar vinho barato e dançar.

Naquela noite, no bar, Sonaida foi me apresentando aos garçons e garçonetes que trariam os fundos de garrafas de vinho. O plano era que a cada noite, antes de fecharem, quando saíssem dos restaurantes onde trabalhavam, dois deles me levassem as garrafas. Os garçons e garçonetes foram chegando durante a noite, e todos se divertiram com a ideia e manifestaram interesse pelo dinheiro extra, embora fosse pouco, e por isso eu, para esquecer o receio de que me deixassem sem garrafas por terem a sensação de fazer um favor a um desconhecido, ofereci o dobro do que Sonaida tinha dito: continuava sendo muito mais barato do que comprar garrafas fechadas de vinho, e assim poderia manter a proposta de vender vinhos muito bons a preços muito baixos. Sonaida estava contente e, depois de me dar algumas indicações – como e quanto tempo as garrafas podiam ser conservadas, que misturas tinham melhor recepção –, me disse que já tinha transferido a Rubén e Camila a parte do dinheiro que lhes cabia, mas sem contar que o comprador havia sido eu, para não macular sua lua de mel. Sofri com a ideia de que meu nome pudesse macular algo, mas achei delicado da parte de Sonaida (com eles, não comigo).

* * *

Os oito pedreiros chegaram muito cedo pela manhã; eram rapazes e moças de não mais de trinta anos: tiraram medidas, combinamos um preço, foram comprar o material, voltaram e começaram a trabalhar. Enquanto alguns lixavam e outros passavam massa corrida, outras cortavam tábuas e armavam a estrutura do palco, porque havia uma estranha divisão: as mulheres se dedicavam ao palco e os homens, à pintura.

Perguntei por que tinham se dividido assim e responderam que não faziam ideia. "Vocês não sabem pintar?", perguntei a uma das moças. "Claro que sabemos, mas gostamos muito dessa madeira... Veja", e me mostrou os veios: eram lindos, com reflexos verde, laranja e azul. "Que madeira é?", perguntei. "É pinho, a mais barata, mas quando cortam com carinho às vezes os veios saem assim..." "Foi você quem cortou?" "Não, ele cortou", disse, e apontou para um dos que estavam lixando, "mas eu corto igual, veja": me mostrou como serrava a madeira, e vi que fazia isso como um luthier que vi trabalhando uma vez, embora o ele usasse madeiras caríssimas e ela, por sua vez, dava a essa madeira barata uma chance de brilhar. Fui comprar quatro microfones, dois alto-falantes imensos, duas caixas de retorno e uma mesa de som. Gastei uma fortuna, mas pude pagar em trinta e seis prestações sem juros; além disso, havia um desconto de dez por cento oferecido pelo banco para os usuários do meu cartão. Não mencionei antes porque achei que não seria necessário, mas após o primeiro encontro com Sonaida eu tinha aberto uma conta em um banco. Talvez também não fosse necessário contar isso agora.

Quando cheguei com o frete e descarregamos o equipamento, os pedreiros aplaudiram. Incrivelmente, tudo ficou pronto naquela mesma noite, e até a pintura, graças ao clima favorável, estava quase seca. O palco tinha ficado lindo: ovalado, preto e a quarenta e cinco centímetros do chão, o suficiente para delimitar sem criar distância. "Veja como os veios se manifestam sob a pintura preta", me disse a pedreira luthier. Subi no palco e, para testar, sapateei malambo e depois flamenco enquanto os pedreiros aplaudiam e gritavam. O que estava acontecendo comigo? Estava muito contente e o feitiço havia ido embora. Duas moças e um rapaz, o mais jovem de todos, subiram no palco e começaram a dançar comigo. Os que tinham ficado embaixo cantavam e aplaudiam, e cantavam muito bem. Um deles era de fato cantor de flamenco. "Suba, suba", disseram a ele, e ele, sem esperar qualquer insistência, mas sem vaidade, subiu no palco e, ao ritmo de nossos aplausos, cantou um lamento tal que quase comecei a chorar: "Eu estava no calabouço/ onde haviam me posto os diabos/ e tinha esse bracinho/ saindo por entre as grades/ e pedia água e comida/ e ninguém me dava nada.// E então senti uma mão/ muito quente na bochecha/ e foi como se meu cérebro/ inteiro afundasse/ porque não havia mão nem nada/ somente eu no calabouço/ com o bracinho de fora.// Estava eu no calabouço/ mas já não tinha pesares/ só a mão ardente na bochecha/ e uma voz que me dizia:/ eu sei que você tem problemas/ mas para isso servimos nós/ sempre debaixo da ponte/ sempre vendo passar a barca/ sempre antes de chegar à sua porta/ sempre fazendo sombra nas ervas daninhas".

Consegui conter minhas lágrimas, mas muitos choraram, alguns inclusive com gemidos. Para mudar o clima, um dos pedreiros que não estava chorando conectou seu telefone a um dos amplificadores e começamos a dançar música dançável. Depois eu disse a eles que queria comprar comida para todos e me disseram "bora!", mas que antes pagasse pelo trabalho. "Claro!" Paguei e fui à pizzaria da esquina e encomendei cinco pizzas: duas napolitanas, minha preferida, e o resto não sei, não lembro. Chegaram uma garçonete e um garçom com vários restos de vinho. Paguei-os e ficaram na festa: dançamos, comemos, bebemos e continuamos dançando, nos beijamos e abraçamos. Ah, que alegria! "Se começou assim, imagine daqui pra frente", me disse uma das pedreiras. Nenhuma sombra cruzou minha cabeça em nenhum momento; nenhuma vez precisei parar para pensar em nada, porque tudo fluiu como em um encantamento e acabou quando acabaram nossas energias.

* * *

Não quero contar como tudo foi bom no início, porque foi bom para mim, mas o relato é entediante. Posso dizer, para dar uma ideia, que as bandas tocavam passando o chapéu e eles ficavam carregados de dinheiro (na verdade, o dinheiro ficava em envelopes, porque o método era deixar um envelope em cada mesa para as pessoas colocarem dinheiro, e também um envelope maior no palco para quem bebia de pé); que vinha mais gente a cada noite, e isso me obrigou a duplicar a rede de garçons fornecedores de fundos de garrafa; que precisei contratar duas garçonetes e um garçom para me ajudarem; que aprendi a misturar os vinhos com certa graciosidade. Assim transcorreram as primeiras duas semanas. Uma vez estabelecidos os parâmetros de público, vinho e trabalho, tudo começou a entrar em ordem. Quando tudo começou a entrar em ordem comecei a perceber ao fundo, frágeis e intermitentes, as tentativas do feitiço de voltar. Mas estava tão contente e ocupado que senti que podia mantê-lo na linha.

E eu o mantive na linha com certo êxito até a noite em que vi a bruxa Sandra sentada com o marido em uma das mesas. "Olá", eu disse. "Olá, vim cobrar minha dívida", ela disse. "Como sabia que eu estava aqui?", perguntei. "Sou bruxa, não esqueça", disse, e o marido riu. "Claro... e como pensa em cobrar a dívida?" "Em vinhos, óbvio", ela disse com simpatia. Servi tudo o que pediram e os dois se divertiram muito: dançaram, se embebedaram. Antes de irem embora, ela disse: "Pelo que vejo já está melhor, né?". "Sim", respondi com um sorriso, e senti algo ficando sombrio. "Fico contente", ela disse, e foi embora. No dia seguinte, acordei totalmente enfeitiçado. Não tive dúvidas de que Sandra era a responsável, então fui diretamente à sua casa. "Quanto tempo!", me disse. "Você me enfeitiçou", eu disse. Ficou genuinamente espantada: "Eu? Você está doido. Só tomei uns vinhos e me diverti". Acreditei, porque não tive dúvida de que dizia a verdade. Sandra me disse: "Venha, suba". Subimos a escada de metal vazado, atravessamos o terraço e entramos no quarto que ficava atrás da imensa árvore que saía de um vaso bem pequeno. "O limoeiro", eu disse brincando. "Não é um limoeiro", contestou Sandra, "é um pé de kinkan." Entramos no quarto. Voltei a observar as paredes pintadas de preto com estrelas e planetas, o excesso de sóis e saturnos, e voltei a pensar como era ridícula. Sandra apertou o botão que ligava a bola de cristal que projetava estrelas sobre as estrelas da parede. "Você acha tudo isso ridículo, né?" "Um pouco, sim." "Bem, mas é *totalmente* ridículo." "E por que faz isso?" "Porque gosto da tradição de bruxas ridículas e quero dar uma oportunidade a ela." "Ah..." "Vê algum problema nisso?" "Não, não, por mim tudo bem." "Bem, sente-se." "Tiro a roupa?" Riu: "Não, não, isso era um show para a sua namorada". "Não era minha namorada." "Mas foi." "Eu não diria isso, mas..." "Bem, isso não importa, passemos ao feitiço... Feche os olhos." Sandra tocou minha testa; entreabri os olhos e vi que os dela estavam fechados. "Feche os olhos", me disse. "Sim, desculpa." Passou as duas mãos em meu cabelo com força, repetidas vezes, da frente para trás. Depois disse, como se estivesse cansada: "Você não está enfeitiçado". "Posso abrir os olhos?" "Sim."

Abri os olhos e vi Sandra toda suada, com as fossas nasais dilatadas e os olhos perdidos. Disse "aaaah!", aproximou-se de um balde e lavou o rosto e as axilas (as suas eram musculosas). Quando voltou, já estava bem. "Bom, você não está enfeitiçado", voltou a dizer. "Mas me sinto enfeitiçado." "Não, não, você tem um feitiço como o de todo mundo, que vem e vai, mas o problema não é esse." "Todo mundo está enfeitiçado?" "Claro." "E aquele feitiço do qual você me falou da outra vez?" "Foi um show para sua namorada." "Então não estou enfeitiçado." "Não, mas tem essa egrégora que está incomodando bastante... Deve ser por causa dela que você se sente enfeitiçado." "Também tenho uns fantasmas." "Sim, todo mundo tem, e os seus são bons, são agradáveis, deve cuidar deles; o problema é a egrégora, que ainda por cima incomoda os fantasmas e os deixa nervosos, porque embora ela não os veja, eles a veem e se assustam, e então gastam toda a energia que deveriam dedicar a você para acalmar a egrégora." "E o que devo fazer?" "Precisa se livrar da egrégora." "Como?" Sandra ficou pensativa; depois me disse: "Eu não deveria te dizer isso, mas enfim: alguém te passou essa egrégora, uma bruxa ou um bruxo". "Como?" "Não sei... Quando você soube da egrégora pela primeira vez?"

Então, de repente, eu soube o que tinha acontecido. Lembrei e contei a Sandra que uma vez, quinze anos atrás, em Colônia, no Uruguai, eu comera em um restaurante numa segunda-feira; não havia ninguém no restaurante – além de mim e dos garçons – porque todos os turistas do fim de semana tinham ido embora; perto do final do jantar, a garçonete levara para mim, por cortesia do dono, uma garrafa de um vinho muito melhor do que o que eu estava tomando; em seguida, o dono, um sujeito muito simpático de uns cinquenta anos, vestindo camisa floral, veio sentar comigo e me disse que era bruxo, e como eu ri, porque não parecia, ele começou a tentar adivinhar coisas sobre mim, mas tudo o que dizia estava errado; então, de repente, o sujeito olhou nos meus olhos e disse: "Você tem uma egrégora". "Foi aí que ele te passou!", disse Sandra. "Que malvado", eu disse. "Não, não, talvez tenha te feito bem naquele momento, mas agora você precisa se livrar dela." "Como?" "Da mesma forma: procure um ingênuo de uns vinte e poucos e banque o bruxo." "Não, não quero fazer isso." "Bem, não existe outro jeito. Mas pense que você poderia fazer um bem a esse ingênuo de vinte e poucos." Pensei por alguns segundos e disse outra vez: "Não, não". "Bem, existe outra possibilidade." "Qual?" "Encontrar esse bruxo ou pseudobruxo e pedir que ele a retire... para isso ele precisaria receber de volta." "Não vai querer... E se não quiser?" "Pode ser que queira... Pode estar com saudade ou precisar dela de novo... Ou estar arrependido do que fez... Mas, se não quiser, a única opção será o ingênuo de vinte e poucos... Ou ficar com a egrégora, mas não recomendo, porque vai piorar cada vez mais e arruinar sua vida."

 Sandra não quis cobrar: "Bebemos muito, muito vinho na outra noite e nos divertimos muito. Logo voltaremos", me disse. Agradeci e fui embora.

* * *

A conversa com Sandra, como (vocês) devem imaginar, me alegrou e perturbou ao mesmo tempo. Mas a alegria venceu, porque em seguida passei à ação: anunciei aos garçons e garçonetes que iria para o Uruguai dentro de alguns dias para uma série de trâmites. "Ah, você tem uma conta no Uruguai...", concluiu uma das garçonetes. "Não é isso", eu disse. "Tudo bem, não tem problema. Eu também quero abrir uma para poder receber dólares..." "Claro", eu disse. De qualquer modo, deixei o bar nas mãos dos garçons e naquela mesma noite subi em um barco para Colônia. Era domingo, o horário em que todos os turistas voltavam. O rio estava agitado e o barco balançava, mas não há muito mais a dizer sobre isso: o barco balançava um pouco, não muito, e os passageiros estavam atentos, mas não assustados, e foram assim as duas horas e meia que durou a viagem. Atentos a quê? A nada: era um instinto antigo, provavelmente, porque esses barcos não costumam naufragar, acho. E então cheguei a Colônia com o instinto antigo renascido, ou "à flor da pele", como dizem algumas pessoas e acabo de dizer pela primeira vez na vida, porque também quero dar a essas frases uma oportunidade de brilhar. No outro dia, falando com um amigo, usei a frase "tributo à vida", uma frase que nunca tinha usado. Estava contente porque, embora sentisse vergonha, não me arrependia. Estou provando frases. Só não gosto das aspas; uso-as porque me dá vergonha usar frases que nunca uso, como se impusesse alguma coisa, e não porque a frase me envergonhe. Mas sei que não deveria usar as aspas. Embora, como disse, na verdade, tive o impulso de colocar aspas simplesmente porque a frase me parecia um pouco distante... Um pouco distante não por nojo ou desprezo, mas antes como a distância existente entre duas pessoas que não se conhecem bem: uma delas – eu – se aproxima com a intenção de conhecer e a outra desconfia um pouco. A frase desconfia de mim, talvez porque ache que eu me sinto superior e, entendo agora, busca proteção rodeando-se de aspas, porque foi a frase quem se colocou entre aspas, eu não coloquei nada. Mas não me sinto superior: quando falo em dar uma oportunidade não há nenhum tipo de hierarquia, e se há quem está abaixo sou eu, pedindo ajuda. Assim, quero pedir à frase que abandone as aspas e confie em mim.

Este é o pedido: "Confie em mim, abandone as aspas".

Estava dizendo, então, que cheguei a Colônia com o instinto ancestral à flor da pele, o que me pareceu apropriado, já que estava procurando um bruxo. Mas o instinto ancestral não é algo fácil de manipular e tem, além disso, a tendência de ofuscar as coisas, exceto por aquelas poucas que faz brilhar em excesso. Brilham os bruxos, por exemplo, e os naufrágios, e ofuscam-se os edifícios e as pessoas. Brilham, por exemplo, as dores do corpo, e se ofuscam as palavras cotidianas. As palavras estranhas e carregadas de sentido brilham em excesso, por exemplo, e ofuscam-se os policiais. A violência policial, por outro lado, brilha em excesso, e, de modo oposto, ofuscam-se as instituições governamentais. Os gestos magnânimos dos governantes brilham com fúria enquanto, pelo contrário, ofusca-se o espírito de grupo, por exemplo. O amor, por exemplo, brilha e, ao mesmo tempo, ofusca-se, mas o desejo, por outro lado, ofusca-se quando é terno e brilha quando é cego. Não digo que os tempos ancestrais tenham sido assim em algum momento: o que é assim é o instinto ancestral, que deve ter a ver com terrores e fantasias acumulados por muitos anos até se fixarem em nossos cérebros. Eu estava assim, então, com esse instinto à flor da pele, e era o instinto ideal para procurar meu bruxo ou pseudobruxo.

Não lembrava a localização do restaurante, mas Colônia é muito pequenininha, então comecei a dar voltas até que uma rua me pareceu... Era a rua do restaurante, e havia um restaurante em uma localização que eu lembrava ser... Era um restaurante muito moderno. Mas era esse, sem dúvida: não tive nenhuma dificuldade em sobrepô-lo ao velho restaurante. Ou seja, não era o mesmo, mas tinha sido ali, e lá dentro podia estar meu bruxo ou pseudobruxo. Quinze anos haviam se passado: quinze anos com a egrégora que ele havia posto em mim, se posso usar essa palavra – "posto" – para este caso. E a egrégora tinha me ajudado, mas não estava mais me ajudando porque estava cansada de mim. Ao menos segundo o que Sandra tinha me dito: logo eu comprovaria que estava mal. Mas não quero me adiantar.

O instinto ancestral se apagou assim que entrei: a profusão de luzes e superfícies brilhantes o anularam com a ajuda da música latina que tocava ao fundo. Ah, para isso modernizam os restaurantes, pensei: para anular o instinto ancestral. No restaurante não havia ninguém além de um garçom e uma garçonete conversando com os cotovelos apoiados no balcão. Sentei em uma mesa e se aproximou, de mau humor, o garçom. "Às ordens", me disse. Pedi algo para comer – não lembro o quê, mas lembro que era algo simples, como se dissesse "arroz com ovo frito" – e uma taça de vinho. O garçom foi embora e eu inspecionei o lugar: embora estivesse muito mudado, consegui sobrepor algumas das lembranças que tinha, e então percebi que estava sentado no mesmo lugar da outra vez. Fazia sentido, claro, e não preciso explicar, acho, porque, além do mais, não vale a pena. Quando o garçom trouxe minha comida, contei que estivera no restaurante quinze anos antes. "Não tem como", ele disse, "porque este restaurante não tem nem cinco anos." "Não, claro, mas antes de reformarem..." "Não, antes tinha uma feira de artesanato." "Não, mas..." "Sim, tenho certeza, eu mesmo vendia artesanato nessa feira." "Ah, o que você vendia?", perguntei para ser simpático. "Coisas feitas de vidro reciclado." "Ah, que legal... E o dono não está?" "Dona, é uma mulher." "Ah... E eu poderia falar com ela?" Fez uma cara esquisita: "Vai chegar daqui a pouco, eu aviso se o senhor quiser". "Sim, por favor."

    Comi e bebi. A comida era boa, mas o vinho era horrível. Quando terminei, a dona chegou. Era uma senhora de uns setenta anos que perguntou de má vontade por que a estava procurando. Eu disse o mesmo que havia dito ao garçom e ela me disse que sim, eu tinha razão, antes da feira existira um restaurante, mas ela não sabia nada a respeito dele, "porque nessa época eu não morava aqui, morava numa cidade melhor que essa". "Ah... E o dono, sabe quem era? Adoraria dar um oi." "Não faço ideia de quem era o dono e nem de onde está, mas se te interessa tanto assim você poderia perguntar a Rogelio Ramos Iturburu, que era amigo dele." Achei estranho que não soubesse quem era o dono, mas sim de quem era amigo, porém não disse nada. Me deu um endereço e disse que já estavam fechando, e gritou ao garçom: "Traz a conta!". A conta era surpreendentemente alta, e isso porque tinham me cobrado, em vez de uma taça, uma garrafa de vinho muito cara e ainda um serviço altíssimo. Reclamei, mas o garçom disse que se havia algum inconveniente eu deveria falar com a dona, ela havia feito a conta. A dona levou cinco minutos para sair da cozinha; quando saiu, me disse, de muito mau humor: "O que foi agora?". Expliquei a questão do vinho e disse que o preço do serviço era absurdo. Ela me disse: "Tivemos que abrir uma garrafa para servir essa taça... E a garrafa vai ser jogada fora, ninguém vai tomar. O serviço é o que cobramos sempre, se acha ruim pode não comer aqui nunca mais, mas agora tem que pagar porque senão eu chamo a polícia". Não respondi nada: paguei e fui embora.

* * *

Na manhã seguinte procurei e encontrei a casa de Ramos Iturburu. Era uma casa normal, no sentido de que era uma casa colonial de Colônia bem conservada, mas não modernizada. Ramos Iturburu era um homem velho, morava sozinho e, talvez por isso, antes de eu dizer qualquer coisa, ele me convidou a entrar e perguntou se eu queria beber algo. "Acabei de tomar café da manhã, obrigado." "Bebeu mate?", perguntou. "Não, o mate não me faz muito bem." "Como não faz bem?" "Não sei, não me faz bem... Talvez porque em minha casa não bebiam mate e não me acostumei desde pequeno." "E bebiam o quê?" "Bebiam chá e café." "Gosta de café?" "Sim, mas se não for bom não me faz bem." "E o que é um café bom?" "Um café bem feito." "Isso não tenho... O chá te faz mal?" "Não, o chá me faz bem sempre, inclusive os muito ruins." "Bem, vou te fazer um chá." "Obrigado."

Voltou dez minutos depois com um chá amargo demais. "Está bom", eu disse. "Até parece que está bom... É o chá mais barato que vendem no supermercado." "Você gosta?" "Não, não bebo chá." "E o que você bebe?" "Mate." "Ah." Ficamos em silêncio. Me deixou tomar o chá e de tempos em tempos sorria para mim. Quando terminei, perguntou o motivo da visita. "Bem, quem me mandou foi a dona do restaurante X..." "Ah... Aquela bruxa." "Quê? É uma bruxa?" "Me fez sofrer muito." "Como?" "Fomos amantes e... Bem, não tem importância, conte." "É que estou procurando o dono anterior do restaurante." "O da feira de artesanato?" "Não, não", eu disse, "o dono do restaurante anterior", e quando eu disse isso, Rogelio se recostou um pouco para trás, abriu os olhos e perguntou: "Por que o está procurando?". Entendi que a situação era delicada; e não estava claro para mim se a dona era bruxa ou Rogelio só a chamava de bruxa por rancor, ou seja, como insulto. Decidi dizer a verdade, Rogelio escutou toda a minha história, interessadíssimo, e quando terminei ficou calado. "O que você me diz?", perguntei. "Não digo nada, não gosto muito do mundo da bruxaria." "A dona atual do restaurante é uma bruxa?" "É uma bruxa, mas no sentido de que é má." "Ah, está bem... E o senhor sabia que o dono anterior?..." "Lisandro Fuentes." "Então esse é o nome... Bem, o senhor sabia que Lisandro Fuentes... O senhor sabia que ele era bruxo?" "Esse não é bruxo coisa nenhuma, é um ladrão." "Ah." Ficamos calados. "Sabe por que essa bruxa mandou você me visitar?" "Não, não, me disse que..." "Para me fazer sofrer, porque Lisandro e eu éramos amigos e... Bem, não tem importância." Peço desculpa, não sabia que..." "Não tem importância, sou forte. O senhor quer saber onde Lisandro Fuentes está para tirar o que o senhor diz que ele pôs em você?" "Sim." "Mas não pôs nada, essas coisas não existem." "Bem, pode ser... Mas mesmo assim..." "Vou dizer onde ele está, mas antes precisa me prometer uma coisa." "Sim, claro." "Quero que esta noite você vá ao restaurante e escreva na fachada a palavra 'bruxa'." "Escrever?..." "Sim, com spray... vermelho." "Não, mas... Não tenho nada contra aquela senhora...", eu disse, e em seguida lembrei da conta alta e dos maus tratos e das ameaças. Ele percebeu algo em meu rosto, porque disse: "Ah! Alguma coisa ela te fez". "Bem, sim, cobrou muito mais que o justo e ameaçou chamar a polícia." "Está vendo?" "Bem, mas..." "Se não fizer o que estou pedindo, não direi nada." Desagradava-me a ideia e fiquei em silêncio. "Vai fazer ou não vai?" "Está bem, sim", eu disse. Ele se alegrou: "Fico contente". "Bem, onde está Lisandro Fuentes?" "Vamos começar do começo, depois o resto." "Mas o começo era o meu." "Não, não, o senhor está enganado, o meu é de muito antes: quando vir o restaurante pichado, eu digo." Insisti um pouco, mas não obtive sucesso, então fui embora, dei algumas voltas, pensei um pouco, entrei em uma loja de ferragens e comprei um spray vermelho.

* * *

O dia avançava, e a ideia de pichar o restaurante da senhora me incomodava cada vez mais. Antes de ficar totalmente incomodado, passei pelo restaurante e vi que estava fechado: abria ao meio-dia, ainda faltavam duas horas. Não havia ninguém na rua; eu disse a mim mesmo: "Vai ser maldade, mas não uma injustiça". E também pensei: "Menos mal, porque me tratou mal". Peguei o spray e pichei, na fachada, a palavra "bruxa" com maiúsculas, não muito grande, mas de modo a ser visível do outro lado da rua. Joguei o spray no lixo e voltei para a casa de Ramos Iturburu. "O que houve?", me disse. "Pronto, já pichei o que você pediu." Os olhos dele brilharam: "É sério?". "Sim, veja", eu disse, e mostrei meu dedo indicador manchado.

"Preciso ir lá ver, entre e me espere aqui, por favor." Não quero dar muitas voltas: Ramos Iturburu voltou contentíssimo e me deu os parabéns e um endereço. "Não o vejo há muitos anos, mas a casa dele é essa", disse. Agradeci e parti.

Mas na casa nenhum dos moradores conhecia Lisandro Fuentes. Voltei à casa de Rogelio e me queixei; ele, surpreso, disse que não era possível. Fomos juntos até a casa e ele tocou a campainha, perguntou a mesma coisa que eu e depois me disse: "Desculpa, não posso ajudá-lo mais". Eu me senti enganado, mas não era possível fazer nada, então me despedi. Fui a um bar almoçar e durante o almoço pensei em como resolver o meu problema. Quando pedi a conta, decidi experimentar uma última opção, uma tentativa milagrosa: perguntar ao garçom, que era velho. "Não faço ideia de quem seja, desculpa", ele disse. Que decepção, pensei, voltar à minha cidade sem nada. "Que decepção", eu disse em voz alta. "Por quê?", me perguntou o garçom. Preciso encontrar Lisandro Fuentes e ninguém sabe onde ele está. "Mas se você tem o nome...", disse o garçom. "O quê?" "Procure na lista telefônica." Como não tinha pensado nisso! Abracei o garçom e deixei uma gorjeta alta.

Não quero dar voltas nem criar suspense com isso; só direi que na lista havia cinco pessoas com o mesmo nome; telefonei para quatro delas e nenhuma era ele, e quando uma mulher atendeu no quinto número fiquei muito decepcionado, e quando eu disse "gostaria de falar com Lisandro Fuentes", houve silêncio do outro lado da linha e pensei que a ligação tinha caído, e embora não tivesse caído me disseram "não mora ninguém aqui com esse nome", e então me surgiu a imagem do restaurante pichado com spray; mas, por algum motivo, em vez de dizer "obrigado, desculpa, foi engano", eu disse, "e a senhora não sabe onde eu posso encontrá-lo?", e a mulher em vez de desligar disse "bom, e qual seria o assunto?". Isso foi incrível, porque de repente senti uma grande alegria inesperada. Eu disse que o estava procurando porque precisava tratar de um assunto privado, pessoal, com ele, tínhamos nos conhecido muitos anos atrás em seu restaurante; por fim a mulher contou que era filha dele e, embora não estivesse em contato com o pai porque o odiava, sabia onde ele morava, e me disse: "Meu pai mora em Cancún". Então a alegria que havia inflado de repente murchou. "Como assim em Cancún?", perguntei. "E eu vou saber", disse a filha, "está lá há muitos anos." "E como?...", eu disse. "Posso dar o endereço e o senhor pode escrever para ele." Anotei o endereço, agradeci e, decepcionado, fui ao porto e subi no barco.

* * *

O rio estava calmo e o barco não balançava, mas não há muito mais a ser dito sobre isso: o barco não balançava, embora um pouco, sim, e os passageiros estavam calmos, mas não dormiam, e foi assim durante as duas horas e meia que durou a viagem. A egrégora também estava calma, porque se sentia fora de perigo, sabia que eu não tinha dinheiro para ir a Cancún. A egrégora obviamente não sabia nada, mas era isso que eu imaginava. Cogitei pedir dinheiro emprestado ou contrair uma dívida para viajar, mas me pareceu um capricho. Tinha as prestações do equipamento do bar para pagar, um bar para cuidar. Se fosse mais perto, quem sabe... Não disse até agora, mas (vocês) já devem ter adivinhado que a cidade costeira onde eu morava naquele momento era Mar del Plata. Continuo morando lá. De

Mar del Plata a Cancún... As praias podiam ter águas mais claras, mas havia algo de absurdo nessa viagem. Não estou tentando dizer nada interessante, apenas dar conta do que pensei naquele momento ao descer do barco e pegar o ônibus que me levaria a Mar del Plata. Quando cheguei ao meu terrível apartamento (com o piso estufado de umidade e as paredes com fungos), já tinha decidido não ir. Mudei de roupa e fui para o meu bar. Meu bar era uma festa, tudo corria perfeitamente bem.

Eu não via Luz havia muito tempo e pensei que ela poderia me ajudar, então liguei para ela e pedi que viesse ao bar tomar alguma coisa. Luz respondeu que havia acabado de terminar alguns serviços para Portento e não lhe faria mal relaxar um pouco. Chegou em dez minutos. Contei minhas últimas aventuras com uma expectativa esquisita, porque esperava dela algo que não sabia o que era. Quando terminei, ela ficou calada e pensativa. "Tenho a solução para você", disse. "Opa! Sério?" "Acho que sim." Então contou que já tinha feito muitos trabalhos para Portento, mas não recebera um tostão porque não queria que ele depositasse dinheiro em sua conta local e os dólares fossem convertidos em pesos segundo o câmbio oficial, pois assim perderia mais ou menos a metade dos ganhos, e também porque queria se mudar, e para isso precisava de dólares; seria muito mais barato buscar o dinheiro em Cancún, mas ela ainda não tinha conseguido largar o trabalho no escritório de advocacia e não teria férias até dali a seis meses; além disso, detestava viagens e tinha medo de avião; sendo assim... "Sendo assim o quê?", perguntei feito um tonto. "Sendo assim você poderia buscar meu dinheiro." "Não, mas esse é o problema, não posso pagar a passagem." "Justamente, eu pago para você!" "O quê? Não, não posso aceitar isso." "Mas é um favor que estou pedindo, não um favor que estou oferecendo, e agora me sinto em liberdade de pedir porque sei que você precisa ir a Cancún." "Que maravilha", pensei: como era possível que as coisas acontecessem assim? Aconteceram assim. Embora pareça, sobretudo esse último episódio, algo inventado, quero pedir que acreditem: estou contando o que aconteceu.

* * *

Uma semana depois eu estava em Cancún com dois endereços em mãos: o de Portento e o de Lisandro Fuentes. Também não quero dar muitas voltas nessa história, porque basta dizer que o hotel era bom, descansei e saí para caminhar. Estava de noite e o lugar me pareceu um inferno: turistas mais ou menos jovens, homens e mulheres, bêbados, empolgados e gritando, bebiam e uivavam na porta dos bares. O centro era assim. Afastei-me um pouco e encontrei alguns lugares para a terceira idade. Não havia nada intermediário. De tempos em tempos passava algum caminhão de onde davam tiros para cima. "Os narcos", me disse um velho na rua. É tudo o que direi sobre Cancún. Isso e que, embora as praias realmente fossem muito boas, as de Mar del Plata me pareceram superiores em vários aspectos que não cabe desenvolver aqui, mas que posso resumir em uma palavra: mistério. Isso é tudo. Só vou falar a respeito do que fui fazer e do que aconteceu comigo, porque este não é um texto de turismo.

No dia seguinte, tomei o café da manhã e decidi visitar antes Portento, para já resolver a parte mais fácil e deixar Luz tranquila, e depois Lisandro Fuentes. Mas o que aconteceu realmente foi uma surpresa. Talvez (vocês) já imaginem: acreditem, eu nem sequer cogitei. Refiro-me ao fato de que fui ver Portento e tão logo o vi me dei conta de que era o próprio Lisandro Fuentes, quinze anos mais velho; ou talvez não tenha sido tão logo o vi, mas tão logo escutei seu sotaque uruguaio. Mas não revelei nada: disse que estava lá a mando de Luz e, como ele já estava a par da situação, chamou uma secretária e me entregou um envelope bem recheado, como costumam dizer. Contei o dinheiro e era a quantidade que Luz havia me dito: muito dinheiro. Depois agradeci e fui embora. Poderia comentar algo sobre o lugar onde Portento exercia seu ofício de bruxo: era uma casa de estilo mais ou menos colonial, toda pintada de branco, com um lindo piso de madeira nova e armários com vidros nos quais exibia seus livros; havia um homem de segurança na porta e, acima da porta, um cartaz que dizia: "Centro de Estudos Espirituais"; logo na entrada os visitantes se deparavam com duas secretárias em suas respectivas escrivaninhas; mais adiante ficavam as salas de reunião e, ainda mais ao fundo, um pátio muito ensolarado cheio de plantas que podia ser visto através da janela, às costas das secretárias. Ficou confuso, mas posso descrever melhor: o pátio ficava no centro da casa; todo o restante era construído ao redor dele. Para que contei isso?

Depois fui caminhar na praia. Arregacei as calças e coloquei os pés na água: que agradável. Havia muitas mulheres de todas as idades tomando sol do que costuma se chamar de topless, ou seja, sem a parte de cima do biquíni. Os homens passavam caminhando e as espiavam de canto de olho. As mulheres por vezes reagiam cochichando no ouvido umas das outras. Às vezes era o contrário: as mulheres passavam olhando os homens de canto de olho. Mas os homens não falavam nos ouvidos um do outro, apenas trocavam olhares cúmplices e tocavam os músculos dos braços, em geral bastante desenvolvidos. Outras vezes se olhavam entre homens ou entre mulheres, mas predominava a heterossexualidade. O que eu devia fazer? Telefonei para Luz e ela não me atendeu, mas escreveu: "Estou no escritório. Tudo bem?". Respondi: "Tudo bem, dinheiro em mãos. Mas preciso comentar uma coisa. Nada grave, não se preocupe". Me telefonou cinco minutos depois. "Saí para fumar um cigarro. Tudo bem?" "Tudo bem, já estou com o envelope e está tudo certinho." "Você é incrível." "Não, foi fácil. Mas aconteceu uma coisa estranha." "O quê?" "Bem... Portento é Lisandro Fuentes." "Quem é Lisandro Fuentes?" "Ah: o bruxo que eu vim procurar." Luz ficou em silêncio; escutei duas tragadas no cigarro e depois ela disse, com voz amedrontada: "E o que você fez?". Não tinha pensado nisso. Ou, melhor dizendo, não havia me ocorrido algo óbvio: Luz ficaria horrorizada com a ideia de misturar seu problema com o meu. "Não se preocupe, não falei nada." Suspirou aliviada e disse "que bom", mas depois disse, de novo com medo: "E o que pretende fazer?". "Bem, não pensei nisso, mas se você viesse para cá..." "Não, não, por favor." "O quê?" "Não arruíne esse trabalho, é a minha salvação, minha fuga deste escritório de advocacia horroroso, minha mudança..." "Luz, não vou arruinar nada." "Se você falar, ele não vai mais me telefonar." "Não, o que você acha que vou dizer? Só quero conversar com ele." "Não, não." Luz estava aterrorizada e a ponto de chorar; repetia "como não me dei conta de que...!" e "era óbvio que..." e não me ouvia; precisei prometer três vezes que não o veria mais. Despedimo-nos e me arrependi da promessa, porque era impossível que eu conseguisse cumpri-la. Mas confiava que era capaz de fazer de um jeito tal que... Não, não confiava, porque não conseguia conceber um jeito.

Então, de repente, ali na praia, após vários dias sem aparecer, o feitiço me esmagou como se tivesse caído do céu. Seria possível dizer assim: como um piano que... Me joguei de costas na areia e fechei os olhos.

* * *

Para juntar coragem para visitar Portento, precisei encher a cara, o que significa que fui lá à noite. Ou melhor, exatamente o contrário: me embebedei porque não sabia o que fazer, e por estar bêbado tive coragem para visitar Portento; foi à noite, porque me embebedei à noite. Vou contar como aconteceu. Eu estava dando uma volta pelo centro decadente e esbarrei em um australiano bêbado. O australiano me abraçou e pouco depois eu estava bebendo com ele e sua equipe de rúgbi. Me fizeram beber tanto quanto eles, e não era vinho, mas tequila, uma bebida que não entendo. Em dado momento escapei e fui para o lugar onde tinha visto Portento/Lisandro. Mas estava fechado. Que besta, disse a mim mesmo, e fui para o endereço que a filha tinha me dado, e que imaginei ser sua casa. Bati na porta etc. Não era tão tarde e ele estava acordado. "Entre", disse.

Quero resumir o que aconteceu ali dentro porque resisto a recriar uma cena mestre/discípulo, que é o que vai parecer, mas não o que foi. A primeira coisa que fez foi me dar um café que devia estar batizado, porque, após bebê-lo, a bebedeira passou completamente e fiquei em um estado de lucidez especial, no sentido de que era um estado diferente de quando eu estava normalmente lúcido. Portento já sabia que eu era eu, disse, porque de certa forma eu tinha sido o verdadeiro início de sua carreira de bruxo: ele vira minha egrégora, um ser invisível, com tamanha clareza, que se deu conta de que tinha poderes. Disse que não tinha me passado nada, não se passa uma egrégora, a própria pessoa a cria com seus pensamentos. Que tinha visto minha egrégora e tinha me dito isso surpreso porque nunca tinha visto uma. Que depois entendeu que tinha agido mal, afinal, como evidentemente tinha acontecido, o fato de eu não saber da existência da egrégora só servia para torná-la mais forte e permitir a ela me dominar. Mas ele era apenas um aprendiz de bruxo naquela época, um aprendiz tardio, porque já tinha passado dos cinquenta, embora fosse claramente um aprendiz. Que de todo modo as egrégoras não eram ruins, já que a palavra vinha do grego e significava "desperto", ou seja, eram "guardas" ou "vigilantes", de modo que as egrégoras eram, em certo sentido, protetoras. Que sabia que a egrégora cuidaria de mim, mas também sabia que só faria isso porque as egrégoras são seres egoístas que se alimentam da mesma coisa que as criou, ou seja, do mesmo tipo de pensamento, e por isso cuidaria de mim tal como eu era no momento de sua criação e se dedicaria a vigiar para que eu não mudasse, porque precisam sempre do mesmo tipo de alimento para existir. E que o meu problema – o que eu chamava de meu feitiço – era simplesmente esse: eu queria mudar de algum jeito e a egrégora se opunha, porque, se eu mudasse, ela desapareceria. Mas não era pessoal, já que a egrégora nem sequer sabia de minha existência. Quanta clareza! Era a mesma diferença existente entre o Mar del Plata e o de Cancún. Portento falava tranquilo, e tudo o que dizia ficava impresso em meu coração ou em meu cérebro. Agora percebo que talvez essa minha receptividade tivesse a ver com o que ele tinha colocado no café e, portanto, a clareza não era algo em si, mas algo em mim.

De qualquer modo, imagino que tudo isso que Portento me disse poderia ajudar outros, que é a ideia deste livro. Me ajudou, e se me ajudou, por que não ajudaria outros? Se todos temos uma egrégora e etc., etc. Podem encarar a história da egrégora como uma metáfora (vocês), ou como uma coisa realmente existente, mas invisível: tanto faz. Não é muito diferente, se pensarmos bem, de vários seres da mitologia grega; por exemplo, as erínias, que eram personificações da vingança. Toda a tradição medieval e renascentista de personificação de vícios e virtudes vai na mesma linha: um ser que encarna algo presente de maneira abstrata. Digo isso por causa do que vem a seguir.

Porque o que perguntei a Portento imediatamente foi: o que fazer? Eu disse: "Então o que eu preciso fazer? Como me desfaço da egrégora?". Portento me olhou confuso, como se com a pergunta ele tivesse caído numa armadilha. "Claro, claro", disse, "o que fazer? Essa é a pergunta." "Sim, isso, digo: o que faço agora?" "O que você faz agora... É uma boa pergunta. Imagino que você deveria parar de alimentar a egrégora." "Como?" "Bem, deixando de pensar nas coisas que a criaram." "Que coisas?" "Isso quem sabe é você, eu não lembro como você era naquele momento." "Não sei o que deveria parar de pensar, e além disso, se a egrégora resolver me estimular a pensar no que ela quer, isso deve ser mais difícil que parar de fumar." "É mais difícil que parar de fumar, sim." Ficamos em silêncio; depois eu disse: "Preciso de ajuda". Portento olhou para mim, olhou para o canto como quem pensa em alguma coisa e me disse: "Eu não tenho como ajudar mais; mas posso te encaminhar à minha mestra". "Quem é sua mestra?" "Minha mentora, Shana, é um ser superior: vim a Cancún por causa dela. Foi discípula de Alexandra David-Néel, a grande exploradora dos mistérios do Tibete, e em minha opinião a superou." "Ah", eu disse, lembrando vagamente que tinha lido um livro de Alexandra David-Néel no qual ela contava que... "Os tulpas", me disse Portento, "são como as egrégoras, mas com uma diferença: seu criador é capaz de vê-las, e às vezes outras pessoas também conseguem. Shana consegue criar tulpas em meia hora, diferentemente de Alexandra, que, segundo conta, precisou de dois meses para criar uma." Tudo me parecia fascinante, mas algo não fechava; pensei um pouco – alguns segundos – e entendi o quê: "Não entendo como isso poderia me ajudar". Portento sorriu: "É que há muitas coisas que você não sabe... Não sabe, por exemplo, algo que pouquíssima gente sabe: que um tulpa é capaz de expulsar uma egrégora". "Ah!"

* * *

Então me encontrei no dia seguinte com Shana. Tinha imaginado que ela seria indígena, mas era uma mulher loira de pouco mais de setenta anos. Ou talvez oitenta, porque era dessas pessoas que dão a impressão de ter parado de envelhecer em algum momento. Podia ter noventa, também. E não há muito mais a se dizer nem de seu aspecto físico, nem de sua casa, porque tudo era padrão. Também não quero falar do que senti enquanto ela falava, porque não quero recriar. Vou dizer somente que Shana me pareceu uma pessoa muito lúcida e, por isso, vou resumir o que me disse depois de me olhar um bom e tempo e fazer algumas perguntas. Me disse que todos estamos enfeitiçados com feitiços pessoais e gerais, e deveríamos agradecer por sermos capazes de ver o feitiço. Que não havia nada de estranho em meu feitiço, mas eu tinha pensado tanto no feitiço que acabei formando uma egrégora do feitiço, e essa egrégora me impedia de parar de pensar no feitiço. Que, embora a capacidade de ver o feitiço fosse uma bênção, pensar o tempo todo no feitiço era o avesso dessa bênção, ou seja, uma maldição, e então era preciso buscar uma forma de ver o feitiço sem pensar nele. Que a forma mais acessível de não pensar ao ver era agir. Que eu era tão capaz quanto qualquer outra pessoa de fazer isso, mas a egrégora do feitiço se opunha porque queria que eu pensasse no feitiço para se alimentar desse pensamento, e esse pensamento permanente não me deixava agir. Que os momentos em que eu me sentia mais enfeitiçado eram os momentos em que a egrégora se alimentava alegremente. Que essa egrégora do feitiço havia substituído outra anterior, sem dúvida, talvez a que Portento vira na primeira vez que conseguiu ver uma egrégora. Que embora o ideal fosse estar sem egrégora (para que nada nos obrigasse a pensar em nada), às vezes era bom ter uma egrégora, contanto que ela nos obrigasse a pensar em algo que queremos pensar. Um matemático, por exemplo, pode ter uma egrégora que o obriga a pensar em uma equação, e o mesmo ocorre com muitos outros ofícios e profissões. Que a egrégora que eu tinha devia ter sido útil de início, porque graças a ela eu havia adquirido uma consciência muito profunda do feitiço, mas depois essa consciência profunda havia se transformado em uma egrégora do feitiço, e nisso a egrégora anterior havia sido substituída por esta que era apenas um obstáculo. Que não acreditava ser possível expulsar essa egrégora sem instalar outra em seu lugar, ao menos em caráter provisório, mas que isso era perigoso porque a egrégora nova podia se tornar uma nova egrégora do feitiço caso visse que... Eu disse a ela, então, lembrando o que Portento havia me adiantado, que meu desejo era não ter nenhum tipo de egrégora, e ela ficou pensando, como se decidisse que sim ou que não e, por fim, me disse que havia uma possibilidade: criarmos juntos um tulpa e deixar que o tulpa expulsasse a egrégora. Os tulpas tinham algumas vantagens: podíamos vê-los; no geral iam embora sozinhos depois de um tempo; quando iam embora, podíamos ter certeza de que haviam partido porque parávamos de vê-lo; e expulsavam as egrégoras. Perguntei como expulsavam-nas e me disse que logo eu saberia. Também tinham uma desvantagem: podiam se tornar muito grosseiras, incômodas e irritantes, sobretudo quando se recusavam a ir embora, mas para isso havia soluções fáceis. "Como quais?" "A mais eficiente é tomar um grande porre com calma, sozinho, olhando o tulpa de soslaio."

Aceitei assim criar um tulpa. Me disse que havia várias formas de fazer isso. A melhor e mais tradicional era criá-lo lentamente ao longo de alguns meses. Mas ela tinha descoberto um método rápido de geração de tulpas que lhe permitia criar um em meia hora. "E qual é a desvantagem?", perguntei. "Bem, são tulpas menos controláveis que os outros e podem se deformar, mas é só isso." Começamos a criar um depressa. Não posso contar como foi porque Shana me fez jurar que manteria o segredo. E quando jurei, ela me olhou e disse: "Vejo que dá para confiar em você". E é verdade, sou uma pessoa muito confiável. Às vezes, irrito meus amigos por não querer contar coisas que... Criamos o tulpa. Eu fui definindo sua forma física conforme respondia às perguntas que Shana me fazia. "Sexo?" "Não sei." "Bem, andrógina." "Não, melhor ser macho." "Beleza, pronto, é andrógino, mas macho." "Altura?" "Não muita." "Gordo, magro?..." "Magro... Mas um pouco pançudo." "Cabelo?" "Preto." "Pelosidade?" "Não muita, um pouco pelado... E gostaria que fosse monocelha", eu disse, pensando em Giorgio. "Nariz?" "Muito comprido." "Vestimentas?" "Iguais às minhas." Etc., etc. Assim foi saindo um ser meio horrível, mas ao mesmo tempo muito atraente, porque tinha um olhar inteligente e certa expressão desdenhosa e porque andava com graça e desprendimento. Eu gostava do meu tulpa. Além disso, o contraste entre os pelos incipientes e a monocelha era tão magnético como em Giorgio. Dei-lhe um nome secreto que começava com Y, e demos a ele uma ordem: expulsar a egrégora e desaparecer. Não sabia falar, mas era muito hábil com os gestos: bateu continência e, com um sorriso zombeteiro, levou a mão à testa como um soldado disposto a cumprir ordens. "Obrigado, Y", eu disse, e ele voltou a fazer a mesma coisa. Shana me disse que eu precisava tratá-lo um pouco mal se desejava que fizesse o que havíamos ordenado. Eu quis pagar, mas me disse que não cobrava, ficara viúva jovem e seu marido lhe deixara muito mais dinheiro do que precisava. Insisti, de todo modo, e então ela me disse: "está bem" e cobrou muito mais do que eu tinha em mente.

* * *

(Vocês) precisam imaginar, a partir de agora e até eu avisar, que o tempo todo eu era acompanhado por meu tulpa que dava voltas ao meu redor, fazendo caretas, debochando do que eu fazia. Os primeiros deboches vieram quando cheguei ao hotel, comecei a arrumar a mala para voltar e notei que o dinheiro de Luz havia desaparecido: não tive a menor dúvida de que havia sido roubado. Eu o tinha guardado dentro de uma meia na mala e... Fui tomado pelo pânico, e meu tulpa começou a rir com gargalhadas mudas, porque era incapaz de emitir sons. Tentei empurrá-lo, mas atravessei-o sem sentir nada ou quase nada, apenas o que sentiríamos ao empurrar a substância mais leve que se possa imaginar. Desci furioso para me queixar e responderam que eu deveria ter solicitado o serviço de cofre, e que não havia nenhuma prova de que eu tivera esse dinheiro e por isso não podiam fazer nada. E acrescentaram: "Quem pensaria em deixar dinheiro na mala?". Me dei conta de que tinham razão e o tulpa me olhou com cara de "eu avisei". Subi para o quarto desesperado, sentei na cama e segurei a cabeça. E justo nesse momento chegou uma mensagem de Luz – o que não deveria chamar a atenção, se levarmos em conta que é bruxa – dizendo que entendia minha situação, eu devia falar com Portento, ela confiava que eu... Que horror. Eu não podia contar nada. E não tinha como arranjar tanto dinheiro.

Tampouco agora sinto vontade de recriar. Saibam apenas que vivi algumas horas de desespero – com o tulpa debochando e eu o insultando – e depois, porque assim havíamos combinado, fui contar a Portento sobre minha experiência com Shana, e ele notou meu desespero e me perguntou o que tinha acontecido. Contei; ele pensou um pouco e disse: "Te pago de novo". Eu disse "Não", mas já me sentia aliviado. "Sim, e fico feliz por fazer isso, pois sempre me senti um pouco culpado por aquela cena no meu restaurante, porque naquela noite alimentei sua egrégora para conseguir vê-la direito, para poder testar minhas forças, e fiz isso o estimulando a pensar em coisas que alimentariam a egrégora, testando uma técnica que tinham me contado. Então é um alívio te entregar esse dinheiro, agora estamos quites." "Bem, muito obrigado. Sim, estamos quites, mas de todo modo Shana disse que aquela devia ser outra egrégora, não a que tenho agora." "Bem, não importa, porque ao forçar a aparição daquela egrégora eu devo ter aberto um espaço que... Seja como for, ganho muito dinheiro com o que faço e sempre me pergunto se... Além disso, quero que você diga a Luz para não se preocupar, não existe ninguém igual a ela, e por isso vou continuar solicitando seus serviços para sempre, ela pode largar o escritório de advocacia." Voltei para o hotel, fiz a mala e embarquei no avião com meu tulpa.

*　*　*

Também não contarei todas as besteiras que meu tulpa fazia. Posso dar alguns exemplos da viagem: a comissária passava e ele fazia gestos de conotação sexual; colocava-se diante de passageiros ou passageiras e os olhava muito de perto ou fingia urinar nos copos que as comissárias serviam, e de fato urinava, eu o via urinar, mas seu mijo não tinha nenhuma ou quase nenhuma consistência material. Fazia coisas assim e observava minha reação. Eu tentava ignorá-lo, mas era difícil, e por isso passava o tempo todo distraído ou irritado. Em certo momento relaxei e comecei a achar graça de sua amoralidade, porque ele não via nada de mal no que fazia, só procurava coisas que me impressionassem. Mas como quando eu ria um pouco de alguma coisa ele passava a repeti-la o tempo todo, entendi que o melhor era não rir nem me irritar, mas lembrar que só eu o via, ou seja, que existia e não existia ao mesmo tempo.

Na minha cidade, o tulpa corria feito louco. Adorava o mar e também adorava as mulheres que tomavam sol e os homens musculosos. No bar de vinhos, fazia as mesmas coisas que no avião. Às vezes eu olhava para ele e desejava que todos pudessem vê-lo; pensava: o que aconteceria se todos pudessem vê-lo? Era como um bufão degenerado de energia inesgotável. Quando uma banda tocava, subia no palco e fazia com os instrumentos coisas realmente extremas. Fingia se atirar em cima de todas as mulheres e dos homens jovens. Na verdade, não agia só para mim, também tinha seus gostos e preferências, embora isso não o limitasse.

O bar de vinhos era um sucesso, os garçons tinham tocado o negócio muito bem em minha ausência e havia dinheiro suficiente para cobrir os gastos, parcelas do cartão etc. Levei o dinheiro de Luz e contei que estava com um tulpa. Contei tudo, menos que tinham roubado o dinheiro. Ficou muito contente quando eu disse que Portento a valorizava muito e encomendaria novos trabalhos. Me disse que ia largar o escritório de advocacia imediatamente e, quando tivesse mais dinheiro para receber, iria ela mesma conhecer Portento e, sobretudo, Shana. A história do tulpa a assustou: me disse que jamais tinha sequer fantasiado criar seres visíveis, mas se ofereceu para me ajudar caso eu tivesse algum problema. Enquanto Luz falava, o tulpa fingia lamber sua orelha e ela sentia uma coceira e coçava. Eu sorri. "O que foi?", me perguntou. "Ele está lambendo sua orelha." Não deixava que eu levasse nada a sério, nenhuma conversa, nenhuma situação. E enquanto tudo isso acontecia, a egrégora ia se debilitando e eu começava a entender o feitiço de outra forma, uma forma que não estava de todo clara para mim até que a entendi escrevendo isso que (vocês) estão lendo.

A mensagem, então, é: estamos enfeitiçados, conheçamos nosso feitiço! E a outra mensagem é: aprendamos a lidar com o feitiço e lutemos contra os feiticeiros ou as feiticeiras em geral, mas evitemos formar uma egrégora do feitiço, porque isso nos deixará imóveis. A última é: há formas de lidar com o feitiço de modo a fazê-lo trabalhar a nosso favor (pelo que nos obrigamos a fazer). O esclarecimento é: tudo é muito difícil, o feitiço é inevitável, as formas de lidar com o feitiço duram pouco e é preciso renová-las constantemente... Mas... depois de vermos o feitiço, não resta outra opção. E é bastante complexo, porque além dos feitiços pessoais existem feitiços gerais, de modo que... Não sei se estou ajudando muito e lamento por isso. Minha mensagem não é de todo otimista, porque isso é uma ajuda, não um *coaching* empresarial. Embora também não seja uma mensagem pessimista, isso seria fácil demais, e, no fim das contas, um pouco vaidoso. Estamos incomodados e queremos ir em direção à comodidade, ou seja, à zona de conforto: o conforto, posso dizer agora, está na zona onde encontramos, mesmo que apenas por um momento, uma maneira de fazer o feitiço atuar a nosso favor, e acho que isso é o que estou fazendo agora. A outra mensagem é: a bruxa Sandra meio que disse qualquer coisa sobre o que eu devia fazer com a egrégora, ou seja, se enganou desde o início, os conceitos estavam errados, as relações entre as coisas, tudo, mas ainda assim suas palavras me levaram à solução. Qual seria a mensagem?

Não se sabe, e não importa muito. Ou, melhor, se sabe, e não importa. O que importa é que finalmente, em uma noite na qual o bar de vinhos estava cheio, a egrégora se desvaneceu por completo. Me dei conta disso porque foi como se um balão estourasse: sem barulho, mas... Como se um balão explodisse atrás da cabeça de uma pessoa surda. O indício mais claro foi que deixei de sentir qualquer pressão para pensar no feitiço. Conseguia pensar no feitiço e em seguida pensar em outra coisa ou fazer algo. Quando estourou o balão surdo, o tulpa, que já andava o tempo todo nu, piscou um olho para mim e agarrou os testículos em comemoração; eu aplaudi. Estávamos no bar de vinhos. "O que você está aplaudindo?", me perguntou uma das garçonetes. "Nada, nada", eu disse, e o tulpa fez um gesto olhando para a garçonete e simulando gemidos, como se sugerisse que ela e eu... Bem, (vocês) imaginem. Naquela noite pensei ter visto Alberta, a bruxa, misturada em meio às pessoas que dançavam, mas quando fui procurá-la não a encontrei. O tulpa me viu procurando-a e fez outro gesto desagradável.

O lugar ficava cada dia mais cheio. Eu tentava encontrar misturas ideais e os clientes, que sabiam disso, provavam ansiosos. Eu havia me tornado, à minha maneira, um especialista. Não entendia muito de vinhos – não sabia por exemplo, avaliar ou atribuir notas –, mas sabia misturar com bastante graciosidade. Frequentavam meu bar de vinhos sommeliers de vanguarda interessados em meus experimentos. Viam-me como uma besta ignorante que havia cavoucado um buraco inesperado: um invasor vertical. Atraía-os, sobretudo, a possibilidade de misturar o ruim e o bom para obter o melhor. Uma das sommelières estava interessada em usar o vinho que as vinícolas chamam "de pena", ou seja, o vinho que dá pena jogar fora: a mistura de tudo o que sobra nos barris. Ela, como uma alquimista, queria transformar esse vinho de pena em um vinho incrível, acrescentando algumas gotas de um vinho superior: precisava descobrir a quantidade exata de gotas e o tipo de vinho superior. Na vinícola onde ela trabalhava se recusavam a fazer isso, alegando ser um desperdício. Não lhe deram oportunidade, nem a ela, nem ao vinho. Não sei por que estou contando isso, já que não aconteceu nada, acho. E além disso o que eu fazia – e sigo fazendo – com os vinhos não era transformá-los, mas misturá-los: não havia uma transformação mágica, mas duas ou mais coisas dando oportunidade umas às outras. Transformar é algo mais ligado ao milagre e ao mistério.

* * *

Sem a egrégora e, portanto, sem missão a cumprir, o tulpa começou a ficar muito chato, talvez por saber que não lhe restava muito tempo de vida. Mas não queria ir embora. Eu o mandava embora e ele respondia com gestos desagradáveis. Não era mais engraçado: seu humor havia se tornado agressivo, com alguns toques de ódio e ressentimento. Me dei conta de que tudo o que o tulpa fizera até ali tivera por objetivo expulsar a egrégora; entendi, naquele momento, como havia funcionado: o tulpa fazia loucuras e palhaçadas chocantes e incômodas para que eu não conseguisse me concentrar no feitiço, e se eu não estava concentrado no feitiço o alimento disponível para a egrégora era cada vez menor; isso enfraquecia a egrégora, e essa fraqueza enfraquecia a demanda por alimentos e, portanto, a exigência de pensar no feitiço etc. Mas a egrégora já tinha ido embora: que sentido tinha agora para o tulpa fazer suas palhaçadas? A falta de sentido, como eu disse, tornou-o puramente idiota, porque fazia as mesmas coisas, mas sabia que não serviam para nada, e essa idiotice o tornou agressivo. Era um espetáculo triste – além de outra lição a respeito do que acontece quando continuamos fazendo coisas que antes tinham alguma serventia, mas agora não têm sentido –, e por isso decidi agir. Agir! Nada me impedia!

Aos domingos, o bar de vinho fechava. Certo domingo fui, sozinho, tomar um grande porre, como Shana havia instruído. Preparei dez taças de misturas diferentes e fui bebendo uma depois da outra, lentamente, olhando o tulpa de soslaio – com o olho direito, principalmente –, como Shana havia instruído; o tulpa, desesperado, saltava feito louco por todo o lugar, atirava-se em cima de mim; em dado momento, começou a fazer coisas realmente repugnantes: não conhecia nenhum limite, já que seu corpo não era realmente um corpo. Eu o observava tranquilo e triste enquanto ele ia ficando transparente e encolhia cada vez mais. E, embora o tulpa não quisesse partir, em nenhum momento me pediu para parar de beber. Orgulho?, pensei. Não. Dignidade? Talvez apenas uma consciência de si. Quando bebi a sexta taça, percebi que era a melhor mistura que tinha feito na minha vida. Quando comecei a beber a sétima taça, não restava mais quase nada de meu tulpa: de tão transparente e minúsculo, eu mal conseguia vê-lo. Subiu em uma mesa à minha esquerda, e por isso fiquei olhando-o de frente. Pareceu-me correto despedir-nos de frente, então me arrisquei e não virei a cabeça. Antes de terminar a sétima taça eu lhe disse: "Tchau, querido Y, obrigado". A penúltima coisa que fez foi agarrar seus testículos e me mostrar a língua; a última foi uma saudação teatral: inclinou o torso a noventa graus, colocou o braço direito contra o peito, estendeu o esquerdo para fora e se enfiou em um ponto que foi ficando transparente até desaparecer. Essa dignidade final repleta de ironia me fez chorar feito um bebê. Bebi as últimas três taças, atirei-me no chão e, abraçado por meus sete fantasmas – que agora podiam dedicar a mim todas suas energias –, dormi feito um bebê.

CAPÍTULO FINAL

A sexta taça foi um sucesso: não só era deliciosíssima como também descia muito bem. Vinha gente de toda a cidade pedir "a sexta taça". O local enchia, as bandas – algumas muito barulhentas e excelentes – tocavam uma atrás da outra e iam embora com envelopes cheios de dinheiro; bebia-se, dançava-se, festejava-se. A rede de garçons que me fornecia fundos de garrafa era imensa. Para que eu tivesse restos suficientes de todos os vinhos que usava em minha mistura eles precisavam recomendar, em seus restaurantes, esses dois vinhos, o que os tornava um pouco meus cúmplices, motivo pelo qual muitos deles chegavam, deixavam suas garrafas semivazias e ficavam dançando e bebendo de graça. Uma noite apareceram os executivos de uma vinícola importante e, após provarem minha sexta taça, ofereceram patrocinar um vinho que se chamaria *A sexta taça*. Sem pensar, falei que preferia que se chamasse *Uma oportunidade*, porque, eu disse a eles, o que me interessava em minha mistura era que ela dava uma oportunidade de brilhar para um vinho furreca e, ao mesmo tempo, o vinho furreca dava a outro vinho uma oportunidade para passar a um novo nível. Não gostaram do nome e gostaram ainda menos do conceito: disseram que pretendiam esconder que o vinho continha um vinho furreca, primeiro porque os consumidores precisavam, para conseguirem elogiar alguma coisa, que lhes dissessem que era o melhor do melhor, senão ficavam inseguros; e segundo porque queriam vendê-lo muito caro, e ninguém pagaria muito por algo anunciado como furreca, mesmo que parcialmente. Disseram, além disso, que seria conveniente para mim, porque eu também ganharia muito dinheiro. Pensei na possibilidade de ganhar muito dinheiro e me mudar de minha casa úmida, mas me pareceu uma traição: ao tulpa, a Camila, a mim mesmo. Disse a eles que iria pensar e me deixaram um cartão.

Pensei, então, no dia seguinte, que provavelmente ganharia muito dinheiro, mas a culpa pela traição pesaria sobre tudo o que eu fizesse e isso me tornaria infeliz: não era conveniente que eu buscasse a infelicidade. Podia evitar a infelicidade sendo cínico, ou seja, fingindo não estar a par do sentido do que eu fazia, mas minhas poucas tentativas de cinismo sempre haviam fracassado. Telefonei para os executivos e disse que não. Disseram que eu era burro. Duas semanas depois vi no supermercado que aquela vinícola havia lançado um vinho chamado *A sexta taça*. Eu não tinha registrado o nome – jamais me ocorrera fazer isso –, então não tinha direito de me queixar. No rótulo havia cinco taças vazias e uma cheia. Que ideia mais pobre! Comprei e provei: era horrível, e alegrou-me a certeza de que aquele vinho falso e traidor seria um fracasso. Mandei uma mensagem aos executivos: "Burros são vocês, porque esse vinho falso e traidor é um fracasso". Duas semanas depois estavam vendendo pela metade do preço; no fim não fracassou, porque uma vinícola grande – compreendi – pode despejar qualquer coisa no mercado, mas era um vinho sem imaginação dentre muitos vinhos sem imaginação. Recomendo (a vocês, caso o vejam) que não comprem.

Em meu bar, apesar do sucesso, eu não ganhava muito dinheiro, porque muita gente bebia de graça e as taças ainda eram muito baratas. Baratas demais, diziam-me alguns bebedores, mas já era tarde para eu mudar o – seria preciso dizê-lo assim – estilo. Porque era uma questão de estilo, não de economia. Nesse estilo estava, justamente, toda minha história condensada. Certa noite o casal chato – que tinha parado de frequentar o bar desde a mudança de dono, ou ao menos eu não os tinha visto – apareceu, e os dois sentaram no balcão; me perguntaram coisas sobre a nova organização, opinaram sobre minha nova decoração para o local e as pessoas que o frequentavam: eram realmente chatos. Depois me disseram: "Queríamos provar essa sua *famosa* sexta taça". Beberam minha sexta taça e tive a impressão, por seus rostos, de que haviam adorado, mas só disseram "bem interessante"; me contaram, então, que tinham uma vinícola boutique e gostariam de produzir a sexta taça e apresentar o vinho como um vinho autoral, cujo autor seria eu. Contei minhas condições: não gostaram de que eu falasse em vinho furreca, mas podiam tolerar isso, disseram, talvez com outra palavra; não ficaram convencidos com o nome que propus, mas também poderiam aceitar isso. Tudo parecia certo, mas algo não fechava; conversando um pouco mais, entendi o problema: imaginavam um público consumidor reduzido e refinado e, portanto, um vinho de preço alto. Perguntei se era isso, e me disseram que claro, um vinho como o meu não podia ser comercializado de outra forma, já que o mercado etc., etc. Eu disse muito obrigado, mas não era o que eu queria para o meu vinho. Foram embora ofendidos, ainda que não o demonstrassem. Mas de todo modo sempre pareciam um pouco ofendidos, era o estilo deles.

Uma noite, finalmente, apareceram uns jovens, amigos de uma das pedreiras, que haviam acabado de abrir uma vinícola, e, após provarem minha sexta taça, ofereceram o mesmo que os executivos da vinícola importante e o casal da vinícola boutique: comercializar "a sexta taça". Com cautela – por minhas duas experiências anteriores, embora algo neles me entusiasmasse –, expliquei minhas condições – o nome, a necessidade de esclarecer que um dos vinhos da mistura era furreca –, e não só aceitaram como se entusiasmaram ainda mais. "Tem que ser um vinho acessível, vendido em estabelecimentos não especializados", acrescentei. "Claro, nós também não gostamos de adegas chiques", disseram. "E outra coisa", eu disse, pensando em Camila: "gostaria que encomendassem o texto do rótulo da sommelière com quem aprendi a fazer essas misturas". Aceitaram tudo. Eu já conhecia aquela vinícola e gostava dela porque não produzia seus vinhos para uma elite refinada – que mesmo assim os consumia de vez em quando –, mas tentava alcançar um público amplo, despretensioso e sensível. No dia seguinte, assinamos um contrato e lhes dei a receita. "Já temos um vinho que pode fazer a função do bom, e vamos criar outro parecido com o furreca para misturar, como você disse." Três semanas depois fui provar o resultado: era quase idêntico, na verdade um pouco melhor.

Camila fez um texto excelente, porque explicava a história de "uma oportunidade", que era ideia dela, e descrevia o vinho de tal maneira que, ao bebê-lo, o leitor podia desfrutá-lo com maior precisão e, portanto – ou apesar disso –, com mais prazer. Escrevi para ela agradecendo e parabenizando-a, e ela me respondeu: "Parabéns pelo vinho, é delicioso". Então perguntei a ela: "E como vão as coisas?". E ela me respondeu: "Tudo bem". E só. Então senti de repente um desejo intenso de ver Camila, mas deixei por isso porque lembrei do "chega" de Sonaida. Em todo caso, o importante é que *Uma oportunidade* foi, dentro das possibilidades da vinícola, um sucesso, no sentido de que se consolidou como um vinho que algumas pessoas bebiam regularmente, e a vinícola, graças a esse sucesso, cresceu um pouco, e eu pude, também graças a esse sucesso, me mudar para um apartamento um pouco maior e mais bem iluminado e, sobretudo, seco. O vinho chega a alguns supermercados, o que me deixa contente, porque o povo também faz compras no supermercado. O rótulo do vinho tem um desenho de meu tulpa mostrando a língua: foi feito, conforme minhas descrições, por uma desenhista que frequenta bastante meu bar. Debaixo do desenho está escrito meu nome. Misturo passado e presente porque estou contando o que aconteceu (no passado), mas continua acontecendo (presente, neste momento exato em que estou escrevendo). O texto de Camila, por exemplo, ainda explica a mesma coisa; o vinho ainda é bebido. Embora não em meu bar: em meu bar só sirvo misturas. Se já conheciam meu vinho, peço-lhes desculpa pela descrição desnecessária, mas de qualquer modo não acho que todos (vocês) o conheçam. Não é *meu* vinho, contudo, como acredito já ter deixado explícito, mas uma história transformada em uma coisa, um feitiço, um fetiche. Pelo contrato me mandam, todos os meses, oito garrafas. Quando sinto que estou pensando demais no feitiço, bebo uma taça olhando o rótulo e penso no tulpa. Quando isso não funciona, faço outra coisa; por exemplo, isso que estou fazendo. Às vezes tenho que fazer várias coisas ao mesmo tempo, e às vezes coisas parecidas com as que o tulpa fazia – embora mais amenas, claro: com isso consigo frear o avanço um pouco antes de uma egrégora começar a se formar. E quando nada funciona, tranquilizo-me pensando no que farei depois, ou seja, quando tudo entrar em decadência: o bar, meu vinho. Quanto tempo pode durar? Já percebo o começo da derrocada e isso me traz prazer, porque significa que não estou montando no cavalo.

Gostaria de dizer agora que não gosto deste tom melancólico de final de livro. É um tom enfeitiçado. Ou, melhor dizendo, o tom de alguém entregue ao feitiço. Preciso contar mais algumas coisas, vou tentar fazer isso de outra maneira. A chave seria: como terminar sem que termine? Ou melhor: como não terminar, mas deixar que termine? Ou, mais simples: como terminar sem que o final se apodere de tudo? A resposta deve ser, sem prestar atenção: sem prestar atenção no que está terminando. Ou seja, ignorando a situação. Não será difícil para mim, porque já estou cansado disso. Vai ser difícil, ao mesmo tempo, porque isso já não funciona tão bem como remédio para o feitiço: preciso começar a procurar outra coisa com urgência, mas antes preciso terminar isso. Falta pouco.

Preciso contar que um dia, enquanto bebia o vinho, lembrei do papel que a cigana tinha me dado e me perguntei se já estaria curado, a condição que ela determinara para que eu o abrisse. "Estou o mais curado possível neste momento", disse a mim mesmo. Também preciso contar que voltei a encontrar Alberta. Posso acrescentar que nunca mais vi Camila, ao menos até hoje, ou seja, até o momento em que estou escrevendo isso, e Sandra passou pelo bar de vinhos e contei toda a história da egrégora e do tulpa, e ela me disse, um pouco incomodada, "bem, sempre se aprende algo novo", mas não ficou claro se se referia a mim ou a ela. Também preciso contar que imaginei Giorgio indo me visitar com rifles contrabandeados e me dizendo: "Eu disse que precisaríamos usá-los". O tom melancólico está vencendo, fujo dessa cena imaginada com Giorgio. O tom melancólico é celebrado pelas repartições policiais; o tom melancólico pode me proteger e pode me destruir. Fujo, mas me aproximo, como fugimos instintivamente do que é horrível, no sentido de maléfico, ao mesmo tempo em que nos aproximamos dele.

Alberta apareceu uma noite e disse que, numa outra noite, tinha visto o tulpa em meu bar de vinhos. Não acreditei nela, porque ninguém mais o tinha visto, no entanto, como ela soube que existia um tulpa? Acho que me viu agindo de forma estranha e, somando esse indício a outros, adivinhou, graças a sua intuição e seus conhecimentos, a existência do tulpa. A partir desse momento, Alberta começou a aparecer com frequência; às vezes me trata mal e outras vezes me dá sua poção e me convida para dormir em sua casa. Já vou terminar, porque não resta muita coisa: abri o papel da cigana, mas não posso dizer o que li – estava em um espanhol antiquado, mas compreensível – sem tornar esse final ainda mais horrível do que já é. Devia ter terminado no final do capítulo anterior, mas agora é tarde. De todo modo, nunca mais voltarei a fazer algo assim, porque o feitiço já percebeu. Ou porque, agora enfim me dou conta: tentando escrever para evitar o feitiço, escrevi um livro enfeitiçado – por mim. Espero ter sido útil, é meu único desejo. Sei que fui útil para mim, mas não sei se fui útil para vocês. Da próxima vez, prometo emoções mais precisas.

FIM

ÚLTIMO CAPÍTULO

Eu tinha terminado de escrever tudo e estava contente, não com o resultado, que não tenho como saber qual é, mas por ter terminado, ou seja, por ter conseguido chegar a um fim, e também por ter conseguido contar uma coisa que, parecia-me, poderia ser útil, e também por ter entendido algumas coisas enquanto contava. E então, como vocês devem ter visto, coloquei a palavra "FIM". Talvez tenha sido esse o problema: me limitei demais, porque é como uma provocação. Foi isso, acho, o que atraiu, como a droga atrai os pobres cãezinhos aeroportuários, os interrogadores.

Devo dizer que resisti durante vários dias, mas mesmo assim acabei sentado diante deles. Eram, novamente, Mario e Pamela, embora talvez fossem outros, não tenho certeza: agora acho que talvez fossem sempre os mesmos que se maquiavam e mudavam de roupa. O guarda que os acompanhava era outro. De qualquer forma, tinham lido tudo e estavam irritados. "Nos incomodou a traição do gravador, queremos que você exclua o Capítulo 2", foi a primeira coisa que disseram. Enquanto falavam isso, me revistavam para ver se eu estava com um gravador: não estava, por isso não posso transcrever a conversa, apenas rememorá-la. Eu disse (a eles) que o Capítulo 2 cumpria de alguma forma com a proposta de "pontos de ancoragem", mas eles me disseram que "pontos de ancoragem" desse tipo não eram recomendáveis. "Tire." "Está bem, vou tirar", eu disse a eles. Como (vocês) devem ter visto, não cumpri. Não cumpri porque depois fiquei pensando. Pensei antes que talvez eles quisessem que eu incluísse este capítulo, e por isso tinham aparecido naquele momento e feito vista grossa para o gravador, e assim a raiva posterior (com minha "traição") não passaria de uma farsa com o objetivo de me fazer manter o capítulo, garantindo que meu romance tivesse "pontos de ancoragem": sou contra, por assim dizer – porque na verdade não *sou contra* nada, mas gosto de aplicar tensão às coisas para fazê-las vibrar –, a ideia de que os "pontos de ancoragem" sejam pontos de partida, porque se estivermos ancorados não podemos nos deixar levar. E porque se o ponto de partida é um "ponto de ancoragem" (não sei por que coloco entre aspas), então tudo o que eu escrever será uma alegoria do tipo tradicional. O problema da alegoria tradicional é que o peso do ensinamento é tão grande que o relato acaba esmagado, porque o relato é uma desculpa, e gosto de que seja o contrário: que os ensinamentos surjam do relato como, digamos, frutos ou frutas. Por isso não sei o que eu estava cumprindo, não sei quem tinha quais desejos, ou seja, não sei quem quer o quê. Então deixei tudo como estava.

Depois que aceitei excluir o Capítulo 2, disseram que queriam saber o que estava escrito no papel da cigana. O papel da cigana dizia algo muito íntimo, então disse a eles que não fazia ideia. "Como assim? É mentira que você abriu?", perguntaram. Fiquei calado. "Só queremos saber isso, e aí te deixamos em paz", insistiram com um sorriso horrível, e sem sair do canto o guarda me acertou um golpe na nuca. Tirei um papel qualquer do bolso e abri: era um papel com o horário de minha consulta no dentista, que precisava arrancar um dente meu que não é o siso (a peça número quarenta e sete). Fingi que lia, pus no rosto uma expressão especial e, sorrindo, enfiei-o na boca e engoli. "Por que fez isso?!", gritaram para mim, horrorizados. Ergui os ombros como quem diz: e eu sei lá. O guarda me acertou um golpe na nuca, mas eles o acalmaram na hora e disseram, recompostos: "Bem, não nos interessava tanto. Viemos para dizer que não lhe é conveniente publicar o que você escreveu". "Está bem", eu disse. "Também queríamos dizer, para sermos justos, que gostamos um pouco da parte da guerra, porque a guerra é um tema importante. Uma pena ser tudo uma fantasia." "Não, não é uma fantasia, é baseada em fatos reais." "Mas já sabemos o que você pensa sobre os *fatos reais*." "Bem, do mesmo modo é só *baseada*..." "Se fosse o caso você deveria nomear os países para que fosse algo realmente útil." "É que não é de todo *baseada em*..." "É uma fantasia... E ainda por cima tem outra coisa, pior: é um pouco... *alegre*, todo o texto é *alegre*." "Esse tom foi o mais oposto ao feitiço que encontrei." "Não é oposto a nada." "Não, oposto não, fora de parâmetro..." "A vida não é assim." "Não... Do mesmo modo, é alegre porque é bastante *obscura*", eu disse sorrindo. "Não pode ser as duas coisas", disseram. "Mas é as duas coisas, eu ao menos as vejo e sei que..." Me interromperam: "O que se promove ali é o olhar unívoco sobre o mundo: se há angústia, ela precisa ser perceptível e, idealmente, ter autopiedade, sem movimento", disseram. "Mozart era alegre", falei por falar. "Mozart era um gênio", disseram. "Um gênio como Kafka", eu disse. "Sim, como Kafka. E o que você fez não vale nada... Qual é a mensagem, no fim das contas?", perguntaram. "Sei lá! Por que tenho que saber? Eu só queria ajudar os leitores mostrando a eles como tinha ajudado a mim mesmo", eu disse. "Isso é mentira!", gritaram indignados, "e tudo o que você conta é mentira!" "Não é verdade! E vocês são uns burgueses que exigem relatos sobre vocês mesmos para justificar sua posição de dominação!" "Burgueses?! Justificar?! O que você está dizendo?! Em que ano você vive?!", gritaram ensandecidos. "Sim!", gritei, também fora de mim: "E querem uma literatura regular, estática, razoável, oposta ao desequilíbrio que vocês mesmos provocam! E odeiam o desequilíbrio porque ele os desmascara!". Com os rostos desfigurados, me expulsaram a pontapés como na outra vez, embora agora os dois também chutassem. Por sorte, como na outra vez, não doeu nada. Como na outra vez, fui embora envergonhado pelo que tinha dito.

É possível estragar mais isso? Sem dúvida, sim, mas já chega, vejo que acabou, é preciso terminar. E agora não quero ser demagógico, tampouco ostentar disciplina, mas preciso dizer que nem mesmo quando fui policial eu... O que quero dizer é, decidam vocês, que são – eu também, mas neste caso não conto – o povo: sujeito-me humildemente e peço uma oportunidade. Arrasto-me até que me levantem. De todo modo, se chegaram até aqui, já decidiram o que tinham que decidir, e então ou já estou levantado ou não vou me levantar nunca. E o que vocês decidiram não tem a ver comigo, mas com algo mais geral. Porque, mesmo que decidam o contrário, isso é com vocês, gostem ou não. Pronto: na próxima vez a oportunidade será diferente, imprevisível, ao menos para mim. Outro dia me contaram sobre dois funcionários do canil que iam às ruas buscar cães sem dono; quando capturavam um, diziam a ele: "Calma, vamos te levar para o hotel de cães". Faziam isso porque achavam que os cães de rua, ao escutá-los, imaginavam um hotel luxuoso, cheio de comodidades etc., e achavam engraçado o contraste entre essa imagem e o terrível canil.

2021

FONTES
Fakt e Heldane Text

PAPEL
Avena

IMPRESSÃO
Gráfica Santa Marta